附赠VCD

王双忠/编著

U0127597

少年跆拳道
——时尚健身导航

福建科学技术出版社
FUJIAN SCIENCE & TECHNOLOGY PUBLISHING HOUSE

图书在版编目（CIP）数据

少年跆拳道/王双忠编著.—福州：福建科学技术出版社，2006.6

（时尚健身导航）

ISBN 7-5335-2820-4

Ⅰ.少… Ⅱ.王… Ⅲ.跆拳道－少年读物

Ⅳ.G886.9-49

中国版本图书馆CIP数据核字（2006）第032167号

书　　名	**少年跆拳道**	
	时尚健身导航	
编　　著	王双忠	
摄　　影	方志坚	
出版发行	福建科学技术出版社（福州市东水路76号，邮编350001）	
网　　址	www.fjstp.com	
经　　销	各地新华书店	
排　　版	福州怡兰广告有限公司	
印　　刷	人民日报社福州印务中心	
开　　本	850毫米×1168毫米　1/32	
印　　张	7	
字　　数	165千字	
版　　次	2006年6月第1版	
印　　次	2006年6月第1次印刷	
印　　数	1－5 000	
书　　号	ISBN 7-5335-2820-4	
定　　价	23.80元（赠VCD光盘一张）	

书中如有印装质量问题，可直接向本社调换

前言

　　梁启超在《少年中国说》中写道：少年智则国智，少年强则国强。对于少年儿童来说，他们面临着学习做学问和做人的双重任务，而做人更为重要。跆拳道运动推崇武德修养，讲究"以礼始，以礼终"的礼仪风范，倡导尊师重道、积极上进的学习氛围，以及百折不挠的意志和宽厚待人的美德。少年儿童从小参加跆拳道训练不但能强身健体，身材匀称，身手不凡，而且还能显出比同龄人更多的优秀品质，更加沉着冷静，更能吃苦耐劳和更有毅力等气质，从而达到少年跆拳道的锻炼宗旨"文明其精神，野蛮其体魄"。

　　我国不少独生子女因受爷爷、奶奶和父母的宠爱，吃苦精神普遍较差，意志力与耐力也较薄弱。少年跆拳道的训练课程也可以说是专门针对这一群体的爱好者开设的，它集教育、健身与防身三者于一体，十分适合少年儿童练习与掌握。

　　全书介绍了少年跆拳道的基础知识、基本技术、攻防技巧与实用防身术、综合格斗术、品格与气质训练、挫折承受力训练、意志与耐力训练，同时还介绍了几种跆搏舞术，特别适合少年儿童在班级活动与家庭聚会中表演。本书按照少年的特点，在内容上巧妙地安排了家长与孩子的亲子互动训练方法，让那些对跆拳道不太了解的家长，懂得怎样配合孩子在家中坚持训练，完成跆拳道的"家庭作业"。

为了让读者能更直观、准确地掌握少年跆拳道的规范动作，随书还配制了一盘VCD教学片，适合望子(女)成才的家长、少年儿童跆拳道爱好者，以及跆拳道馆馆长与教练们观摩。

为本书做动作示范的有刘克坚、李颜宏、杨宏昌、朱小东、胡秉毅、张琦、严矣琳、魏凯丽、江慧媛、刘闻伦、徐加帅、华智斌、陈嘉璐、叶华俊、林青筠，在此表示衷心感谢。

在本书编写过程中，还参考了跆拳道界专家学者金基洞、张星东、李天植等人的理论，在此一并表示衷心的感谢。

限于水平，本书难免有不足之处，敬请专家、读者批评指正。

王双忠
2006.4

目录

一 少年跆拳道基础知识
ShaoNian TaiQuanDao JiChuZhiShi

（一）少年跆拳道特点

1.积极引导与正面鼓励

（1）**少年儿童身体特点**：少年儿童通常指6～18岁的孩子，其年龄范围比较模糊。由于年龄差异较大，孩子们身体发育的水平明显不同。况且，即使年龄相同，由于生长环境、生活习惯、营养状况、运动经历等因素的不同，其身体素质与运动能力也会有较大差异。少年跆拳道的训练有其特殊性，需要了解其各方面的特点，才能进行针对性的训练。

1）速度：少年儿童速度素质的发展具有明显的年龄和性别发育特点。少年儿童速度素质在10～13岁增长最快。男孩在19岁，女孩在13岁以后趋于缓慢并逐渐稳定下来。

2）力量：少年儿童力量素质的发展特点是，男孩在16岁以前随年龄增长而逐渐增加，16岁以后开始缓慢下来，18岁以后可达高峰，以后又随年龄增长而减慢；女孩在13岁以后开始缓慢并有下降趋势，16岁又回升，18岁以后可达最高峰，以后又随年龄增长而减缓。

少年儿童在青春期以前不适宜进行负荷过大的力量训练，随着肌肉发育成熟，15～18岁才可进行发展肌肉的力量训练。

3）柔韧：少年儿童年龄越小柔韧性越好，这与少年骨骼的弹性好、可塑性大有关。一般在13岁前柔韧性最好，13岁以后开始下降，通过专门训练能提高柔韧性。

4）耐力：12岁以前少年儿童的心率较快，每搏输出量较少，不能满足长时间运动时机体对氧的需要，因此耐力差，容易疲劳。但随着年龄增长，心血管功能的发育成熟，耐力素质就会得到改善和提高。

5）灵敏：少年儿童的灵敏素质随年龄的增长而逐渐提高。10

岁以后灵敏度开始明显提高，尤其进入青春期更为显著；15～16岁以后逐渐缓慢下来。人的灵敏素质应该从儿童时期开始培养。

(2) 积极引导

1）培育学习热情：少年跆拳道教学重点是要精心培育少年学员对跆拳道学习的热情，不要当众讥讽挖苦，挫伤其自尊心。

少年学员对自己的训练成绩和效果都有急迫想知道的欲望，也希望自己的努力能够得到教练的肯定。同样，使学员及时了解训练效果，使错误的技术动作得到及时纠正，正确的技术动作得到肯定和巩固，才能创造训练的良性循环。

跆拳道的晋级考试属于重要的荣誉激励制度，能积极引导学员继续深化，向更高的目标进军，同时也是对训练成绩的肯定。在平时，家长与教练都要强化孩子对荣誉的尊重。

2）提高挫折承受力：在学员遇到困难而退缩时，教练要鼓励学员："人人都会遇到各种挫折，只有鼓起勇气向前努力，才能最终克服困难，战胜挫折。"在实战中被对手打中的小学员会感到特别难过，教练要及时给予安慰，激励他反击和打败对手的斗志，抓住机会授之技艺。

在学员做出很大努力，取得一定成绩时，要及时肯定，让学员看到自己的能力，从而增强面对困难的信心。比如，小学员在一次实战或者学习技术动作中表现不佳，教练在指出问题的同时仍然要记住肯定其长处。如果学员在努力克服困难时几经尝试却仍未成功，教练就要及时给予具体指导与帮助。

过多的挫折会损伤学员的自信心和积极性，使其产生严重的挫折感、恐惧感，导致最后丧失兴趣和信心。所以，挫折教育不可过头，过头了就会埋下精神障碍的祸根，应把握在学员通过努力就能够克服的尺度上。比如，实战练习时不安排实力相差悬殊的对手对练。

同伴之间的相互交流，也能够帮助学员更好地克服困难、解决问题。比如，在实战对抗练习中，组织拉拉队与"高参"帮助劣势一方研究克敌制胜的技战术，使之反败为胜。在不断的磨炼中学会如何友好相处、团结合作，培养团队精神，这种磨炼有助于提高学员的耐挫力和协作精神。让学员们懂得这样一条真理：每一次失败都会使我们更接近成功。惧怕失败和拒绝付出代价，就意味着接受永远的平庸。

3）明确学习目的

①强身健体：少年跆拳道能使少年儿童强身健体，矫正不良姿态，使身体各部分更协调、更灵活，形体和日常坐、立、行更有气质、美感。

学员自身、教练、家长、道馆，都要有跆拳道锻炼的崇高动机，即："文明其精神，野蛮其体魄"，要为少年儿童的将来，积累精神力量与锻造健壮体魄。

②磨炼意志：不少独生子女受到老人和父母的宠爱，普遍形成吃苦精神差、意志薄弱的个性，需要改善。

人的意志品质不是与生俱来的，是在特定环境下，在克服困难的过程中逐渐形成的。因此，教练要经常变换训练手段，运用形式多样的训练方法，变"要我练"为"我要练"，调动学员的主观能动性。训练疲劳出现后，正是锻炼学员意志品质和拼搏精神的最佳时机。除身体有特殊情况外，教练在每堂训练课都要鼓励学员坚持下来，保质保量地完成科学合理的训练任务。

跆拳道动作讲究"快、准、狠"，对体能要求较高，因此，在练习中要大声呐喊发声助威；在实战中要敢于进攻，锻炼果断、顽强的意志品质。实战中失利属于正常现象，遭受挫折时需要承受极大的心理压力，需要鼓起勇气反扑，耐心地寻找机会扳回比分直至胜利，这种挫折教育对小学员今后成长成材很有帮助。

跆拳道的实战对抗是紧张激烈、刺激惊险的，能极大地提高人的意志、速度、反应、灵敏、力量和耐力素质，增强抗击打能力和心理承受力，锻造出临危不乱的大将气度。

③防身自卫：跆拳道具有实用性，在学校班级里或放学回家途中，如果被人欺侮，他们就能麻利地把对方掀翻在地，被进一步侵犯时，还可以使用擒拿术，控制住对方，而不至于受伤，使

对手再也不敢轻举妄动。

④脱颖而出：在组织各种团队活动、跆拳道竞赛中，那些具有高度自信心和运动特性的同学便从同龄人中脱颖而出。我们通过分析身体和性格特性，可以发现在体育运动中，因为教练的慧眼与选拔，使那些有一定运动基础的学员有机会得到更高的培养。体育的精神就是能吃苦耐劳，永不言败。所以也就为那些具有进攻性、有毅力和耐力、意志超群的人提供了新的舞台。

⑤以礼始，以礼终：跆拳道讲究"以礼始，以礼终"、彬彬有礼的风度，倡导尊师重道、积极上进的学习氛围，推崇知耻明羞、克制盲动的武德修养，面对挫折与困难能百折不挠，所以可以培养人的谦逊礼让、宽厚待人的美德。

跆拳道少年学员面临着学习做学问和做人的双重任务，而做人更为重要。因年龄小，缺乏自制力，往往言行脱节。经过训练，能树立其良好的道德价值观，使其在克服困难中产生良好的行为，经过不断有意识练习而形成道德习惯和高尚的品格。

（3）正面鼓励

1）激发好胜心理：少年的情绪波动性较大，自我控制能力差，对外界刺激敏感。教练要善于培养良好的竞争意识，激发他们的好胜心理，以提高训练效果。

教练还要及时发现学员优点，给予肯定。如谁动作完成得好，请其出来示范。教练看到学员动作完成不好时不要训斥、责备，否则会使其自信心下降，产生逆反心理。

2）创造互动机会：礼仪、安全、动作质量、训练气氛，是道馆教学四要素。这些内容都是在互动中完成，所以训练中要尽量创造诸如教练与学员、学员之间、亲子之间的互动机会。

①授予任务法：叫出一个动作快、姿势好的学员示范，然后集体鼓掌，教练下达命令，让他担任小组长，负责监督打闹、离队的小学员，及时向教练报告，以便制止违规行为，并批评教育他们。

②鼓励激将法：教练每堂课都要找机会选出一个动作完成又

快又好的学员做示范，然后集体鼓掌。教练可以问"××做得好不好？"大家喊："好——！"再接着训练。

教练要善于发现做得更好的学员，转而让其做示范，再行激将之法，激励大家要有信心比他做得更好，问："大家有没有信心？"孩子们肯定会大声喊："有——！"

教练在任何时候都不能表现出厌烦情绪，那样会打击学员积极性，要自始至终表扬鼓励学员。对不听话乱跑的小学员，最好的办法就是"画地为牢"，限制其活动区域；对多话的小学员，要很快把他练累，比如要他连续深蹲起立加前踢25组。

③必要的处罚：课堂中通常不体罚学员，但对那些缺乏家庭教育的孩子，当他们的行为严重影响到大家的安全，比如出现踢人、突然抓人家的脸、练一会突然躺下就地休息等等现象时，要立即处罚，罚其蹲马步、走鸭子步等，令其学会遵守纪律、保持礼仪，并让高年级学员的榜样力量来带动小学员，使其产生服从感。但要注意体罚时间不能过长，不能用语言挫伤孩子自尊心，不能让孩子离开自己的视线。

④寓教于乐：对于少年学员的训练要多采用寓教于乐的互动教育。"愉悦教育"是一种横跨教育与娱乐两方面的体验，会吸引孩子们源源不断地来道馆学习。

纪律是保证训练正常进行的条件，采用半军事化的纪律约束，使学员们尊重教练的权威，服从教练的指令，在教练控制下按比赛规则训练，这对孩子来说是必要的，也是很有趣的。穿插着让孩子掌握几个简单的擒拿动作，可以在家长与客人面前亮相，成功地打出几个漂亮套拳、标准的连环腿法，能给孩子们一个自信。

教练要善于保护学员的自尊，理解人性中软弱的一面，引导学员们敢于正视强大的对手和尊重对手，并爱护弱小，克服自负与盲动，进行扎实的基本功训练。

2. 训练中的安全常识

（1）穿着服饰

1）剪短指甲与趾甲，不在手腕与脖子上挂坚硬的装饰物。

2）实战前一定要穿好护具、护裆、护胸、护臂、护腿，戴好头盔。

（2）准备活动

1）每次训练前都要做好准备活动，重点是腰部、腿部、膝关节、脚趾部位的活动，动作要由慢到快、由易到难，循序渐进。

2）在专项准备活动中，一些专业运动队采用的动作有可能构成对道馆普通学员的伤害，所以要降低难度和技术要求，以避免发生伤害事故。

3）迟到的学员要自己补上准备活动项目，不做准备活动就不能参加训练。

（3）学习训练

1）学习动作一定要从慢动作分解开始，熟练、正确地掌握后再提高力度与速度。

2）配对练习应在单练动作准确掌握的情况下，控制力量和速度，由慢、轻逐渐至快、重，动作熟练后自然就能做到收发自如。

3）实战练习要找身高、体重、力量、技术都相差不多的对手，在教练督导下进行训练。没有教练在场督导，不要练实战、特技、击破。

4）在家中练习，必须远离电视机、玻璃桌子等物品，提防被磕伤。

5）家长如果要与孩子互动对练，必须严格遵守操作规范，自己先按书本模仿数遍，充分理解动作要领后再与孩子进行互动训练。

6）不要在训练间隙随地休息，也不要抱着沙袋悬挂其上，以防铁钩突然脱落造成伤害。

（4）综合安全常识

1）训练时间不宜过长，运动量要适当，不应超过身体承受能力。

2）不应让少年学员过多地参加正式比赛。

3）在进行力量练习时要注意以下两点：

①负荷不宜过重，尽可能减少憋气动作，以避免胸内压过高，使心肌过早增厚，影响心腔的发育。

②少年学员屈肌力量要比伸肌力量强，因而要加强伸肌训练，以保持伸肌与屈肌的平衡，防止驼背。

4）保证充足休息和睡眠，并有足够的营养和热能。

5）跆拳道训练要和卫生教育结合起来，培养良好的个人和公共卫生习惯。

6）注意观察训练后的身体反应和自我感受，比如，锻炼后精神状态如何？是否有头晕、恶心、食欲下降、睡眠不好等不良感觉。

3.家长与教练的配合

（1）**了解少年跆拳道的教学与训练**：针对少年儿童不同成长阶段的生理与心理特点，少年跆拳道的教学与训练可分为：启蒙教学阶段(5～7岁)；入门教学阶段(8～10岁)；初级训练阶段(10～12岁)；中级训练阶段(12～14岁)，提高训练阶段(15～18岁)。少年跆拳道教学大纲中规定各阶段所应当达到的教学训练内容、动作、理论与技术等方面均有明确的指标，做到学习、训练、巩固、考核相统一，具有系统化和连续性。

1）启蒙教学阶段(5～7岁)：在这个阶段，教练要用最大的热情、高度的责任感来上好每一堂课。因为，小学员本来见到教练就怕，加上练习拉韧带、对练时的磕磕碰碰，都需要他们承受吃苦耐劳的压力。如果教练能用平等、尊重、理解、爱护的教育手段来进行教学，就能留住小学员的心，就是最大的成功，千万不能板着脸，用简单粗暴的教学方法对待小学员。

①提高教学素质：道馆教练自身年龄普遍较小，二十多岁就开始当教练，很有必要认真学习教育心理学，补修专业理论知识，运用符合少年儿童心理的教学方法，比如训练要掌握好节奏，经常增加新内容、新花样。

②讲解与示范：少年儿童理解能力有限，讲解时用词要确切、简练、易记，结合各种示范动作，在小学员看清楚后再让他们模仿练习分解动作，做到精讲多练。

示范动作时要讲究方法和步骤，分解示范、完整示范、重点示范、正误对比示范、攻防示范等都有其侧重点。分解示范，应用在较复杂的和变化快的动作讲解时；完整示范，主要是在教新动作和最后完整练习时应用，要求动作的标准性和连贯性；重点示范，是在教重点动作和部位动作较复杂时应用；正误对比示范，主要在纠正共性错误时应用；攻防示范，主要是帮助学员理解动作的攻防含意时应用。

动作的示范方向也有讲究：正面示范，用于在以前学过和已经简单掌握的动作上。如：冲拳、正踢腿等。背面示范，用于较复杂动作的示范。侧面示范，用于正面看不清楚时。多面示范，用于突出动作的重点和细节时。

③棋盘棋子法：小学员自制力较差，在教练对个别学员单独辅导时，其他学员可能会出现纪律涣散现象，这时可以采取"棋盘棋子法"，让学员们以正方形垫子的接缝线为界，一人一块垫子像"棋子"一样坐在"棋盘格子"内，教练依次叫其起立，一一进行指导。（图1-1-1）

④迅速练累法：对于特别不听话的小学员，教练可以采取迅速将其练累的方法，比如，50个深蹲起立加30个前踢动作，把他们安定下来，以保证整体教学质量。

2）入门教学阶段（8~10岁）：这个阶段的特点是班数少、人数多。不过，人数再多也不能忽视负荷训练，要增加运动量大的内容，比如腹肌或腿部的力量训练、原地高抬腿跑的练习等，以达到起码的健身效果。

图1-1-1

①学习各项基本功和基本动作。

②因材施教：学员的技术水平发展不平衡，因此要区别对待，可以按跆拳道的色带进行分组，再把技术动作从简单到复杂进行编号，对应到不同的色带要求上。

③提高教学密度：班级少人数多，学员训练时间少时，可采用原地反复练习法。小学员列队在原地练习各种踢法，一组10～20次，在教练口令带领下练习，可以培养学员的节奏感。还可采用分组和个别授课相结合的练习法。小学员按照色带分组，让高带位的小组先练习一个指定动作，每个小组找出一个动作最好的学员担任小组长，进行纪律监督，一组一组进行教学。

3）初级训练阶段(10～12岁)：通过启蒙教学，小学员已经能正确掌握基本动作，这一阶段要适度发展力量。小学员随着年龄增长，文化课学习负担不断增加，参加训练的时间会逐步减少，要注意调整训练手段。

①对思想波动较大的学员，应及时关心和引导。

②增加集体表演节目的排练，比如品势、跆拳舞、特技等等，激发其坚持训练的兴趣。

③多组织参加社会表演交流和团体比赛，使学员不断得到外界，特别是来自领导和观众、同学的赞扬，增加其上进心。

④注意培养学员攻防意识，学会一些攻防格斗技术。

⑤坚持常规训练，除了完成道馆训练外，还要认真完成跆拳道家庭作业，要逐渐适应将训练化为生活的一部分。

⑥训练前教练提出明确要求，训练结束时进行分组比赛，以激发学员的学习积极性。竞赛中既要树立典型、表扬先进，又要鼓励一般、帮助后进，使他们增强信心。

4）中级训练阶段(12～14岁)：这一阶段的教学任务是进一步完善基本技术，同时为了表演和比赛，重点要训练攻防技术、基本战术，要高度重视安全，防止受伤，避免发生学员家长状告道馆的事件。

①适度发展难度动作：这个年龄段是少年发育的突增期，可进行大负荷的速度与力量练习和专项耐力练习，重点发展几个适合个人的组合踢法、特技与击破、掌握数套品势。

②加强实战对抗：要加强护具靶的练习，巩固基本技术，培养战术意识。

5）提高训练阶段（15～18岁）：这是一个研究提高的阶段，也是出成绩，出知名度，输送人才的时候，重点是全面掌握高难动作与基本战术。可以通过定期评选优秀学员，树立积极上进的氛围，防微杜渐，及时纠正不良风气。

①研究他人，提高自己：经常观摩优秀运动员比赛、表演的光盘；利用电教设备录下学员自己的演练动作、比赛过程，认真分析动作，及时发现问题，研究解决方案。

②这个阶段的学员已经达到较高的带位，有的已经获得黑带，往往会产生骄、娇情绪。一些学员还会在异性面前炫耀花形动作，或会为一点小事而动粗，教练要教育他们学武先学做人的道理，坚持礼仪与法制意识教育。

（2）教练的言传身教： 教练必须为人师表，具备敬业精神，道服整洁，不迟到早退，上课不接听电话，不粗暴教训学员，身上不带酒味、烟味、香水味，不在学员看得到的地方抽烟，走路不能大摇大摆带市井气。课上经常要有创新的内容，使学员总能保持兴趣，充满信心。教练要牢记自己的言行举止，才能做到言传身教。向孩子幼小的心灵播撒正直与崇高的精神种子，遇到学员要亲切问候，创造一种和睦、愉快、轻松的道馆氛围。

（3）家长的理解与配合：我国正处于经济转轨后社会道德完善阶段，把孩子送到跆拳道馆来学习的家长不但要了解孩子在道馆里的学习内容，而且还要学会理解与配合道馆的教学。一些家长可能认为，把孩子送到道馆来学习是付了钱的，对尊师重教概念比较淡薄，在道馆休息区内坐无坐相，大声喧哗，打瞌睡，打呼噜，甚至满口脏话，这与跆拳道教学的目标是格格不入的，与跆拳道培养学员高尚人格的动机也是相抵触的。因此，家长要积极配合道馆的教学，才能更好地培养出具有正直、严谨、干练、武功，充满阳光与朝气的高素质学员来。

（二）少年跆拳道文化与礼仪

1.少年色带与段位进阶

跆拳道的色带是荣誉的象征，也是进步的标尺。跆拳道学员参加训练时，教练是通过学员腰间所系的不同色带来区分其训练进度的。由于有些学员参加训练的时间时断时续，如果教学进度不能与色带的技术要求相对应，就无法进行相适应的教学指导、因材施教了。

跆拳道的色带分为：白带、白带间黄条、黄带、黄带间绿条、绿带、绿带间蓝条、蓝带、蓝带间红条、红带、红带间黑条、黑带，少年跆拳道常见色带的对应技术要求与训练内容见下表。(表1-2-1)

表1-2-1 少年跆拳道常见色带的对应技术

白带→黄带	黄带→绿带	绿带→蓝带	蓝带→红带
前踢	侧踢	摆踢	腾空后旋踢
横踢	后踢	旋风踢	腾空转身下劈
下劈	假动作+横踢(3种)	后旋踢	左右旋风踢
前跳步+横踢	上步+横踢	双飞+后踢	横踢+后旋踢
上步+横踢	横踢跳反击	横踢+横踢+横踢	前横踢+双飞+后
后滑步+横踢	横踢+后踢	三飞踢	横踢+旋风踢+后
跳换步+横踢	双飞踢	横踢+旋风踢+旋	旋踢
左横踢+右横踢	腾空后踢	风踢＋后旋踢	太极7~8章
推踢	前跳步下劈	双飞+横踢+后踢	防身术2招
直拳	太极3~4章	+横踢	2种特技
太极1~2章	防身术2招	1种特技	5种自由组合踢法
防身术2招		4种自由组合踢法	
		太极5~6章	
		防身术2招	

说明：色带间条也按照此模式进行训练内容的编排。如果技术难度大可用简单些的动作替代。

级位与段位是跆拳道的技术等级。从年龄上区分，15岁以下称为品，品的腰带是一半红一半黑；15岁以上称为段。从技术上区分，段代表高级阶段。少年儿童的技术等级证书叫品位证书，一、二、三品者满15岁后，可以申请换成对应的段位证书，四品必须满18岁才能申请换成四段的段位证书。

跆拳道的品势是级位与段位考试的内容之一。由于学习品势耗时较多，通常可以选修太极一至八章中的几个套路。

跆拳道的晋级考试渗透着"礼"的文化核心，也属于心理训练的一部分，因此逃避考试是十分可惜的。跆拳道通过不同色带对应的难易程度不同的技术动作，把长期目标分成若干个短期目标，教练引导着学员们一步一个脚印地向黑带迈进，到获得黑带的那一刻，就意味着这个学员将是一个意志坚强、充满责任感的阳光少年了。

2.少年跆拳道装备

为了保障跆拳道训练的安全，跆拳道学员需要配置以下个人装备。

（1）个人装备

1）白色道服、道裤、色带、道鞋。（图1-2-1）

2）训练包。

3）护脚背、脚靶。

（2）道服的穿法与叠法

1）选择合身的道服、道裤，穿好后将道服的前片平整地包住后片。

2）选择长度合适并符合自己技术等级的色带扎好，下端要对齐、平整。

（3）道馆提供的装备：正规的道馆地面铺设好垫子，提供脚靶、沙袋和实战用的全套护具，以及表演用的木板、瓦片、砖块等器具。

1）护具及穿戴：在实战或比赛时选手必须穿护具。护具包括头盔、护甲（护胸）、护裆、护前臂、护脚胫，其中护裆、护前臂、护脚胫要穿在道服内；女选手必须穿戴女用护裆、女用护胸，同样也须穿在道服内。（图1-2-2）

2）跆拳道专用脚靶、沙袋：在跆拳道训练中，脚靶是必不可少的训练器材。经常用脚靶练习踢法，能使踢法更具有穿透力，收回速度更快，更能踢中移动的目标。其外形酷似鸡腿，有单瓣、双瓣两种。双瓣脚靶踢击时能发出异常清脆的响声，可检验自己发力是否充分，并能使练习者越踢越兴奋。（图1-2-3）

跆拳道沙袋一般重量为40～50千克。沙袋类型有水沙袋、不倒翁沙袋、充气沙袋、人形沙袋等等。

跆拳道防身术的训练必须在专用垫子上进行才能保证安全。这种垫子是既柔软又不妨碍脚步移动的专用垫子。

图1-2-1

图1-2-2

图1-2-3

3.少年跆拳道礼仪

（1）立正与稍息：立正是双脚尖并拢，脚跟相靠，身体直立，下巴内收，双眼平视，双臂自然下垂，双手握拳，拳心向里贴于大腿内侧。（图1-2-4）

稍息是两脚分开与肩同宽，脚尖正对前方，双手掌交叉置于腰后，挺胸收腹，双眼平视。（图1-2-5）

图1-2-4

（2）**坐姿**：坐下与起立时不得用手扶地。盘腿坐下，脚尖往后绷，双手握拳，拳心向下，置于膝关节上，注意勿耸肩抬肘，上体歪斜，含胸驼背，而应体现出习武者的精神，沉稳平静、自然放松。（图1-2-6）

图1-2-6

图1-2-5

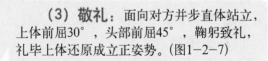

（3）**敬礼**：面向对方并步直体站立，上体前屈30°，头部前屈45°，鞠躬致礼，礼毕上体还原成立正姿势。（图1-2-7）

图1-2-7

（4）**递、接物品姿势**：立正姿势,双手掌心向上,向前伸出递、接物品,同时上体向前鞠躬致礼,礼毕还原成立正姿势。(图1-2-8)如果是在重大场合,比如从官员手中领取奖品、证书时,应在致礼后向后退一步再后转身离开。

（5）**以礼始,以礼终：**
上下课时全体学员与教练要相互敬礼。

图1-2-8

（三）准备活动与预防损伤

1.热身活动

训练前的准备活动是很重要的,它能调动学员的训练热情,使学员丢开杂念,做好生理与心理上的准备,以避免在训练过程中受伤,并有利于发挥机体的运动能力。

（1）**头颈部**

1）向左、向右侧倒。(图1-3-1)

2）向前、向后点头与仰头。(图1-3-2)

3）双手脑后交叉下按头部5秒,双手上托下腭后仰头5秒。(图1-3-3)

图1-3-3

图1-3-1

图1-3-2

（2）**肩部**

1）一臂向前、另一臂向后环绕。（图1-3-4）

2）左手从背后向右肩伸，与右臂手指相钩；右手从背后向左肩伸，与左臂手指相钩，静止5秒。（图1-3-5）

（3）**肘部**：双臂向前平伸，双拳以肘关节为支点向里、向外绕圈。

（4）**手腕部**：十指胸前交叉旋转。（图1-3-6）

图1-3-5

图1-3-6

图1-3-4

(5) 胸部：双拳曲肘平抬向后连拉2次，平展臂向后连拉2次。（图1-3-7）

图1-3-7

（6）腰背部

1）双脚左右分开两倍肩宽而立，伸直手臂左手挥摆摸右脚，右手向异侧自然挥摆；右手挥摆去摸左脚，左手向异侧自然挥摆。（图1-3-8）

图1-3-8

2）双脚左右分开两倍肩宽而立，向前伸直双臂以腰为支点向左、向右画一大圈，尽量后仰。（图1-3-9）

图1-3-9

3）双脚左右分开两倍肩宽
而立，臀部、腰部、肩部成一
直线，左手沿着在大脚外侧缓
缓下滑至极限，勿撅臀，静止
5秒。右手同上。（图1-3-10）

图1-3-10

图1-3-11

4）双脚左右分开两倍肩宽
站立，尽量后仰，左手摸右脚
跟，右手摸左脚跟。（图1-3-11）

（7）腿部
1）弓步压腿。（图1-3-12）
2）仆步压腿。（图1-3-13）

图1-3-12

图1-3-13

3）搁脚于肋木上或同伴肩上的正压、侧压腿。（图1-3-14～15）

图1-3-14

23

图1-3-15

4）搁脚于同伴肩上正压腿、转身下俯接正压腿，反复进行。（图1-3-16）

图1-3-16

5）双脚左右分开两倍肩宽站立，身体下俯左转，右耳贴住左小腿外侧，静止10秒，右侧同。（图1-3-17）

图1-3-17

(8) 膝部：并步站立，双手扶住膝部，向左、向右环绕。（图1-3-18）

图1-3-18

(9) 踝关节：脚尖点地，向左、向右环绕。（图1-3-19）

图1-3-19

（10）脚趾

1）双脚并拢，抬起脚掌，以脚跟支持体重，然后缓缓把体重落于脚趾跟部。（图1-3-20）

2）练习横叉与竖叉，少年学员柔韧性较好，掌握起来难度不大。（图1-3-21～22）

图1-3-20

图1-3-21

图1-3-22

2.整理活动

整理活动是在学员们经过紧张的训练后，为了使其身心逐渐恢复到运动前的状态而必须做的。整理活动通常有原地放松、弹性跳动、肌肉韧带拉伸，最后可以静坐数分钟。（图1-3-23）

图1-3-23

3.预防训练损伤的措施

美国国家出版物《从体育馆到陪审团》（1989～1996年）报道，全美有关体育伤害案件共281起，事故责任最常见的是绊倒或滑倒；在281起案件中，跌倒、绊倒、滑倒均占首位，各占60多起，还有碰撞、踩踏等。因此，预防训练损伤更要从这里抓起，制订与实施有效的防范措施。

（1）**克服摔倒**：教练要注意保证孩子在训练中不会摔倒。比如，在行进间练习时，要控制好间隔距离，把道馆地面铺设的垫子接缝线作为区域分割线，四人一组，向一个方向作行进练习，就可以避免孩子在跑动中习惯性地挤成一团，造成绊倒摔伤。（图1-3-24）

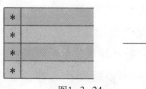

图1-3-24

在课间休息喝水时，可以按照四路纵队坐下，然后一路一路依次出列去场地边上拿水瓶回到原位坐下喝水。同样，把水瓶归位时，也要按照先后顺序，按各路纵队进行。（图1-3-25）

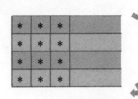

图1-3-25

（2）杜绝打架：孩子之间打架几乎很难避免，教练要及时制止，分析发生冲突的原因，找出解决办法，比如下课退场时，先盘腿坐下，一组一组轮流退出。让高带位学员先走，既倡导了尊重高带位学员，又防止了学员间发生冲突。

上课前，不要让小学员太早入场，以免在场内四处乱跑。下课后，要督促小学员尽快离场，不要留小学员在场地内玩耍或做课外辅导。

（3）保证设施安全：沙袋吊钩要经常检查，看到学员们突然跳起抱着沙袋荡秋千，或来回推沙袋时，教练要严格制止。

教练要站在可以环视全场的位置，使所有学员的活动都在自己的掌控下。若发现学员们爬柱子、压腿架或镜子的外框，要严厉地制止。要嘱咐小学员不要趴在窗台上玩耍，不要去搬动哑铃等器械。

教练还要注意学员在洗手间滞留时间是否过长，是否可能因地面潮湿而摔倒等等。上下课一定要点名报数，如果家长尚未来接，要交给道馆工作人员看管。

教练从学员们进场起到出道馆为止，都要承担安全保护的责任，所以教练也要遵守教学操作规范条例。

（4）循序渐进：不要教小学员们做不能胜任的技术动作。

二 少年跆拳道基本技术

ShaoNian TaiQuanDao JiBenJiShu

（一）基本动作与训练

1.基本步型与步法

（1）基本步型

1）并步：两腿并拢直立，两脚内侧贴紧相靠。（图2-1-1）

图2-1-1

2）开立步：两脚左右开立，与肩同宽；两脚尖正对前方，双脚成平行线，或脚尖外张22.5°，两臂自然下垂，两手握拳置于腿侧，起势或收势时双拳置于下腹前下方。（图2-1-2）

图2-1-2

3）马步：两脚左右分开，约为脚长三倍，脚尖正对前方，屈膝半蹲，大腿接近平行于地面，膝关节投影垂直线落于脚尖。（图2-1-3）

图2-1-3

4）侧马步：在马步基础上身体微侧转，两脚及膝关节稍内扣。（图2-1-4）

图2-1-4

5）前行：走路时停步的步型，两脚尖都朝前方，膝部基本伸直，不同于弓步。（图2-1-5）

图2-1-5

6）弓步：两脚前后开立，相距约一步半，前腿屈膝半蹲，大腿接近水平；后腿蹬直，后脚斜向前45°；身体正对前方，挺胸塌腰。（图2-1-6）

图2-1-6

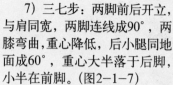

7）三七步：两脚前后开立，与肩同宽，两脚连线成90°，两膝弯曲，重心降低，后小腿同地面成60°，重心大半落于后脚，小半在前脚。（图2-1-7）

8）虚步：姿势同后弓步相似，惟前脚以前脚掌点地，脚跟略提，两膝稍内扣，重心落于后脚。（图2-1-8）

图2-1-7

图2-1-8

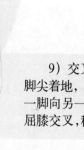

9）交叉步：一脚向另一脚后侧插步，脚尖着地，两腿屈膝交叉，称为后交叉步；一脚向另一脚前侧插步，脚尖着地，两腿屈膝交叉，称为前交叉步。（图2-1-9）

图2-1-9

10）独立步：一腿单独
支撑体重，另一腿屈膝提起，
脚内侧贴于支撑腿膝内侧或
膝窝处。（图2-1-10）

图2-1-10

（2）实战姿势

1）基本实战姿势

动作规格：两脚前后分开与肩同宽，左脚尖内扣约45°斜向
前方，右脚脚跟抬起，左右脚不在同一直线上，右脚略偏右，身
体重心落于两脚之间；上体自然直立，呈约45°斜向右前方，双
手握拳，拳心相对，左拳高度与左肩平，右拳置于胸前正中线，
高度同左拳；肘关节自然下垂，两臂弯曲置于胸前。（图2-1-11）

动作要领：感觉自然，肌肉放松，双眼专注，细察全身；两
脚跟稍微离地抬起，踝、膝关节富于弹性；隐蔽性好。

图2-1-11

2）实战姿势练习法

①对镜练习：按照动作要领，用镜子自检。

②亲子互动练习（左势为例）：家长拿着书本，念动作要领，孩子跟着做出各部分姿势。

两脚分开与肩同宽，脚尖正对前方，忌外八字步，双手自然下垂。（图2-1-12）

图2-1-12

身体向左转，左脚以脚跟为轴，右脚以脚掌为轴，向左侧转体，前脚掌内扣约45°，后脚掌与前脚掌呈斜向平行线。（图2-1-13）

图2-1-13

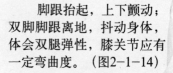

脚跟抬起，上下颤动；双脚脚跟离地，抖动身体，体会双腿弹性，膝关节应有一定弯曲度。（图2-1-14）

图2-1-14

两手握拳，拳心相对，左与肩同高，右与左齐平，两臂曲置胸前，"手是两扇门，"勿使肋部暴露，双肘保护双肋。（图2-1-15）

图2-1-15

家长用手掌慢速直线推击孩子身体中部，检查并提醒孩子不要暴露身体正面，应斜向前方，侧身以缩小受击面积。（图2-1-16）

图2-1-16

按以上步骤经过数次分解练习，学员就能完整地掌握实战姿势训练。

3）同对手相关站位：左脚在前称为左势；右脚在前称为右势。两两相对而立，左势对右势，右势对左势，即形成开势站位（图2-1-17）。左势对左势，右势对右势称之为闭势站位（图2-1-18）。

保持开式或闭式可进行步法移动的配对练习。

图2-1-17

图2-1-18

（3）基本步法

1）四向滑步

①前滑步

动作规格：保持基本姿势，右脚掌蹬地发力，左脚掌轻擦地面向前滑行10～20厘米，右脚随即跟上相同的距离。（图2-1-19）

动作要领：双脚前滑有加速度、突发性，滑步后保持平衡，处于一种弹性状态；左脚前滑，右脚跟进；双脚位移距离一致，前滑步后双脚间距仍与肩同宽。

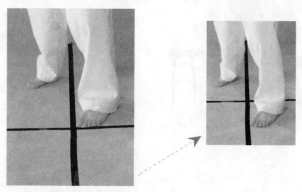

图2-1-19

②后滑步

动作规格：保持基本姿势，左脚掌蹬地发力，右脚掌向后滑动10～20厘米，左脚掌后滑同等距离。(图2-1-20)

动作要领：双脚后滑有加速度、突发性，滑步后保持平衡，处于有利启动状态；右脚先动，左脚再跟；双脚位移的距离一致，后滑步后双脚间距仍与肩同宽。

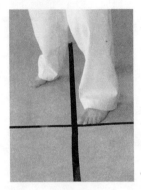
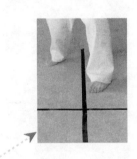

图2-1-20

③左滑步

动作规格：保持基本姿势，左脚向左水平滑动10～20厘米，右脚迅速跟着左滑10～20厘米。(图2-1-21)

动作要领：先动左脚，后跟右脚；左脚与正前方呈90°侧向横移，右脚跟着平移相同距离。

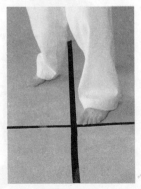

图2-1-21

④右滑步

动作规格：保持基本姿势，右脚向右水平滑动10～20厘米，左脚迅速跟着右滑10～20厘米。（图2-1-22）

动作要领：先动右脚，后跟左脚；右脚与正前方呈90°侧向横移，左脚跟着平移相同距离。

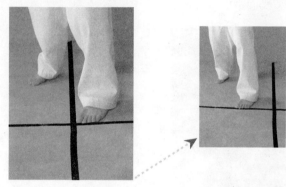

图2-1-22

2）上步

动作规格：保持基本姿势，以左脚掌为轴，右脚沿直线离地2～3厘米，向左脚前方迈上一步，左脚掌自然转动约90°成右势。（图2-1-23）

动作要领：左脚跟抬起，以左脚掌为转动轴；上步时右膝关节内侧贴近左大腿内侧，走直线，不走弧线，不拖地，右脚上步后的距离与肩同宽。

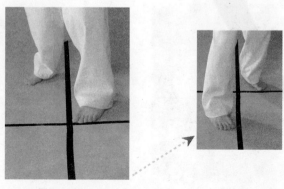

图2-1-23

3）撤步

动作规格：保持基本姿势，以右脚掌为轴，右脚跟向外拧转约90°，左脚沿直线后撤一步成右势，与肩同宽。（图2-1-24）

动作要领：借助左脚蹬地的反弹力迅速转体，后撤左脚；脚落地后双脚间距与肩同宽。

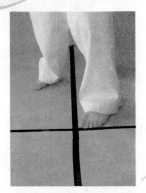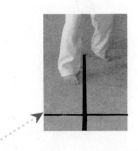

图2-1-24

4）跳换步

动作规格：保持基本姿势，双脚同时轻轻蹬地，身体有轻微腾空感，双脚沿直线或小弧线前后交换，落地后右脚在前，左脚在后。（图2-1-25）

动作要领：双脚动作要迅速，重心起伏不可过大；直线交换左右脚。

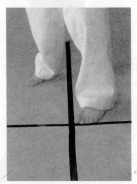

图2-1-25

5）亲子互动步法训练：这是专门为家长配合孩子练习时设计的。

①孩子学完左势步法，在练右势步法时，家长发口令："换！"孩子气合"啊——"或"呀——"换跳步。（图2-1-26）

图2-1-26

②家长以一个字的口令指挥孩子进行各种步法移动的训练，家长喊"前！"孩子就练前滑步（图2-1-27）；喊"撤！"就练后撤步（图2-1-28）。

图2-1-27

图2-1-28

③家长伸出手掌，掌心向着孩子，掌向前推一下，孩子就往后滑一步；向后拉一下，孩子就前滑一步；手掌向左就练右滑步；手掌向右就练左滑步。(图2-1-29)

图2-1-29

图2-1-30

④双手下垂，家长与孩子保持一步距离，面对面进行互动练习。家长向前滑步，孩子就向后滑步；家长向右滑步，孩子就向左滑步。待熟练掌握后，可以连续向一个方向滑步2～3次。

⑤家长上步，孩子撤步；家长跳换步，孩子跟着跳换步。(图2-1-30)

2.基本踢法

(1) 前踢 (Ahp-chagi)

动作规格：保持基本姿势，右脚蹬地屈膝提起，送髋顶髋，小腿快速向前踢出，高与腰平，迅速放松弹回，呈折叠状，轻轻落下，恢复成基本姿势。（图2-1-31）

动作要领：大小腿折叠充分，上提时右膝内侧贴近左大腿内侧，小腿和踝关节放松，有弹性；髋往前送，上体后仰；踢对方心窝、下巴时髋往上送，右膝向前撞出腿；小腿收回时仍以膝关节为支点自然弹回，与踢出速度一样快。

图2-1-31

图2-1-32

（2）推踢（Mirro-chagi）

动作规格：保持基本姿势，右脚蹬地屈膝提起，左脚以脚掌为轴外旋约90°，重心往前压，右脚向右前方直线踢出，力点在脚掌，重心往前落下，迅速恢复成基本姿势。（图2-1-32）

动作要领：提膝后要使大小腿折叠、收紧；重心往前移，推的路线水平向前，送髋，使力量延伸；接近目标时突然发力，勿发力过早，造成往下"踩"。

（3）下劈（Naeryo-chagi）

动作规格：保持基本姿势，右脚蹬地启动，重心稍前移，右脚尽量上举至头上方，放松下落，上体保持直立，以脚掌击打目标，轻轻落地，恢复成基本姿势。（图2-1-33）

动作要领：右腿尽量往高、往后举，重心高移；保持上体直立，脚放松下落，至对手头部时产生向下鞭打的加速度，踝关节放松；落地要保持平衡，力有所控，全身要柔软、放松。

图2-1-33

图2-1-34

（4）横踢（Dollyo-chagi）

动作规格：保持基本姿势，右脚掌蹬地，大小腿折叠向上、向前提膝，左脚以脚掌为轴外转180°，右膝关节向前抬至水平状态，小腿快速踢出，击打目标后迅速放收回，重心前移落下，恢复成基本姿势。（图2-1-34）

动作要领：大小腿折叠，膝关节夹紧，直线上提膝；支撑脚跟稍离地，以前脚掌为轴，向外旋转180°；髋关节往前顺，身体与大小腿成直线，大腿根与身体没有夹角；踝关节处于自然松垂状态，出腿前不要绷紧脚背；以正脚背为击打力点，击打感觉像鞭稍抽打似的。

（5）侧踢（Yup-chagi）

动作规格：保持基本姿势，右脚蹬地起腿，屈膝上提，左脚以脚掌为轴外转180°，脚跟正对前方，右腿快速向前直线踢出，力点在脚跟，收腿放松，重心向前落下，恢复成基本姿势。（图2-1-35）

动作要领：起腿后大小腿折叠，膝关节夹紧；转动左脚掌的同时右腿由屈到伸，发力协调；头、肩、腰、髋、膝、腿、踝成一条直线；大小腿直线踢出、直线收回。

图2-1-35

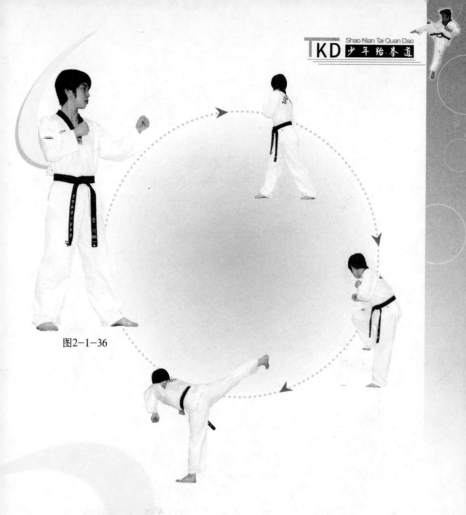

图2-1-36

(6) 后踢 (Dui-chagi)

动作规格：保持基本姿势，左脚以脚掌为轴内旋成脚跟正对对手，上身旋转，右膝向腹部靠近，大小腿折叠，右腿用力向攻击目标直线踢出，重心前移落下；成右势站立。(图2-1-36)

动作要领：起腿后，大小腿折叠，与上身贴近，团身；踢出时用力延伸，直线发力，重心向攻击方向移动，控制右侧腰部不跟转；击打目标在正前方稍偏右，收回小腿时不旋转，以免暴露出空当。

（7）摆踢（Hoorgo-chagi）

动作规格：保持基本姿势，右脚蹬地屈膝提起，左脚以脚掌为轴外旋180°，右脚向左前方伸出，用力向右侧水平鞭打，重心往前落下，恢复成基本姿势。（图2-1-37）

动作要领：鞭打时上体随势摆动，头降低；发力方向平行于地面，在最高点发力；支撑脚脚跟对着攻击目标；双手起到平衡作用，调整呼吸；全身摆动时要有振动感，富有弹性。

图2-1-37

图2-1-38

(8) 后旋踢 (Dui-hooryo-chagi)

动作规格：保持基本姿势，左脚以脚掌为轴内旋约90°，上身旋转，重心前移至左脚，右腿屈膝收腿，向右后方伸出，用力向右屈膝鞭打，重心在原地旋转，身体继续转动，脚落于原来位置，恢复成基本姿势。(图2-1-38)

动作要领：转身、旋转、踢腿、收腿，动作连贯，一气呵成，中间不能有停顿；击打点位于正前方，呈水平弧线发力；屈膝起腿的旋转速度更快，幅度更小；在原地旋转360°，身体以左脚掌为轴旋转一周。

3.基本拳法

（1）直拳（Jiyugi）

动作规格：保持基本姿势，右脚蹬地，向左猛烈转腰，左脚掌向前滑动约10厘米，左手前臂左大腿外侧切挡，右肩前送，右拳快速击出，力达拳面，高与胸平，迅速恢复成基本姿势。（图2-1-39）

直拳出击正面图。（图2-1-40）

动作要领：充分利用蹬地、转髋、转腰、送肩的合力，产生突然关门似的感觉；出拳前全身放松，击打的瞬间肩、肘、指各关节要紧张用力；边打边拧转拳面，接触目标时拳背与手腕成一直线，拳面平整，拳心向下；为击中对手身体中部，使力量充分渗透，右脚可在出拳的同时向右侧滑半步。

图2-1-39

图2-1-40

（2）直拳击打技巧

1）左直拳通常不用前手直接进攻，处于右脚在前的右势站位时，打后手左直拳，动作要求同右直拳。使用前手直拳往往需要配合侧闪步。

2）跆拳道比赛中的拳法只有直拳一种，一般用拳击打不计分。用拳的目的在于破坏对手的进攻节奏，遏制对手攻势，破坏对手身体平衡，或向其施加精神压力。

（二）互动拳脚训练

1.基础拳脚训练

（1）脚靶训练法

1）前踢的拿靶方法。（图2-2-1）

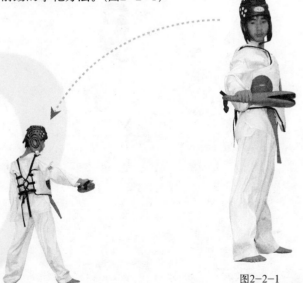

图2-2-1

2）横踢的拿靶
方法。（图2-2-2）

3）下劈的拿靶
方法。（图2-2-3）

图2-2-2

4）侧踢、推
踢、直拳的拿靶方
法。（图2-2-4~6）

图2-2-3

图2-2-4

图2-2-5

图2-2-6

图2-2-7

5）摆踢、后旋踢的拿靶方法。（图2-2-7）

(2) 踢靶要领

1) 踢靶前应保持基本姿势，保持合适的距离，全身放松。

2) 第一腿踢轻一点，主要为了找感觉，要踢靶心位置，以免踢到持靶人的手上。

3) 脚背、脚掌、脚跟、拳面与靶面接触时应充分吻合，不可擦过性击打。

4) 力量要穿透靶面往后延伸，配合气合。

5) 击打后应保持身体平衡，使脚步充满弹性。

6) "速加速、速止动、速还原"，实战意识贯穿始终。

(3) **踢靶礼节**：踢靶时，一人握靶，一人踢靶，踢完一组，立正并步，双手捧靶，鞠躬敬礼交换。

(4) **踢靶队形变化**

1) 多人一靶：10人一组，1人拿靶，9人排成一列纵队，轮流依次踢靶，踢完后小跑排至队伍后。踢完一组，换靶，由第一人握靶。

2) 一人双靶：踢靶者站在左、右持靶者中间，分别踢单个腿法1~10次，或50次为一组，踢完后换下其中一个持靶者。

3) 单人一靶：踢单个踢法或左右腿组合踢法，50~100次为一组。(图2-2-8)

图2-2-8

(5) 持靶者变化出的多种组合踢法

1）左横踢+右横踢（中、高）：持靶者原地接住对手的第一次踢击，第二次击踢时后撤一步，以保持合适的距离，右手持横踢靶再接对手的右横踢。（图2-2-9）

图2-2-9

2）一条腿各踢2次：持靶者将脚靶置于胸肋高度一次、头部高度一次，分别练习进攻两个目标的组合技术。（图2-2-10）

图2-2-10

3) 三次以上的组合踢法，也是在以上持靶方法基础上进行的。只有对技术结构、击踢时机有了充分了解，并积累了一定实战经验的人，才能随心所欲地设出各种理想的、高质量的靶位，使踢靶者如临大敌，训练效果也就显而易见。

（6）**移动靶练习**：在初学阶段，通常采用的是固定脚靶靶位训练。为了提高技艺，还需要配合行进间移动目标的训练，以锻炼学员抓选时机的能力。

预备式：持靶者两手分别持靶，保持基本姿势，踢靶者也保持跳动状态，随时准备起腿。持靶者突然右脚上步，右手持靶定于胸肋高度，呈横踢靶，踢靶者立即后滑步右横踢进攻，或直接右横踢进攻。

（7）**护具靶训练法**：穿上跆拳道护具进行护具靶练习，能形成实战的真实感，是技术转化为能力的不可替代的训练手段。

1）预备式：当靶的学员，双手用拇指往外拉护具胸口部上沿，四指在外抓紧，使护具与身体产生一定的空隙，这样在承受进攻者的踢击时能得到缓冲，并可顺着击打力量稍后滑步，收腹以减弱踢击力量。双脚前后分开，与肩同宽，侧身而立。

2）固定靶：开势站立，学员以右横踢击打护具得分部位（图2-2-11），10次一组，练完换势训练左横踢、后踢、推踢等单个踢法及组合踢法。

图2-2-11

3）移动靶：当靶的学员保持充满弹性的脚步，突然给靶，但应停留合适的时间，让踢靶学员能准确地抓住目标踢击，并使力量穿透护具，不能在对方踢中护具的瞬间换步或转动身体，要等该技术完成后再移动脚步。

①双方开势或闭势站立，向前或向后移动一步，单个踢法或双腿连踢技术的进攻或反击，每个技术动作10次一组，练习数组。甲为踢靶者，乙为当靶者。

滑步横踢：双方左势站立，乙上右脚一步或右势，甲后滑步右横踢，10次一组，练习数组。（图2-2-12）

图2-2-12

滑步后踢：甲左势、乙右势站立，乙上步成左势，身体重心稍降低并略收腹，甲后滑步右后踢。（图2-2-13）

图2-2-13

②找实战感觉：保持适当距离，一方主动进攻，另一方防守反击，进行点到即止的实战训练，体会实战的真实感。

要求在运动中完成动作。控制力量，尽量不降低速度，但为了强化某一细节，可以放慢速度，多练几次。观察对手细微预动，迅速判断其意图。

③与各种水平的对手实战：与同级选手进行有条件的实战；与不同级的选手也进行有条件实战。

④自由实战：与同级选手进行自由实战；与不同级的选手进行自由实战；与同级别不同战术类型的选手进行自由实战。

图2-2-14

图2-2-15

(8) 沙袋训练法（图2-2-14~15）

1) 固定打法：固定打法即沙袋不晃动，由教练或学员扶住沙袋，使之固定，练习单个踢法、组合踢法、直拳击打沙袋。每个技术100次一组。

2))移动打法：移动打法即学员配合各种步法，用单个踢法、组合踢法、直拳技术击打沙袋。沙袋随击打而处于晃动状态，学员必须判断其距离，调整步法继续击打，要迎着晃过来的沙袋踢击，使力量充分渗透。

3）踢沙袋注意事项

①用正确的技术，向指定部位击打。比如，横踢时不能撩腿击打，应以脚背部击打。

②要使力量充分渗透，击打沙袋的重心部位。

③踢击后收腿迅速，落地即成基本姿势。做到"速加速，速止动，速还原"。

④面前无敌似有敌，实战意识贯穿始终。

2.基本防守技术训练

（1）防守技术种类：跆拳道的基本防守技术有步法防守、手法防守、腿法防守、身法防守。

1）步法防守：步法防守在跆拳道防守技术中占主要地位，是通过改变与对手的距离、角度而达到破坏对手的攻击，使之落空或无法发挥最大威力。

双方闭式站立，对方以右横踢进攻，我方向后滑步拉开距离使之落空，也可以向前滑步，靠近对手，使对手的右横踢失去有效的击打威力。（图2-2-16）

图2-2-16

2）手法防守：利用前臂的内侧、外侧进行格挡，用手刀、手掌挡拍的防守技术。

双方闭式站立，对方右横踢进攻我方肋部，我方可以前臂外侧向下、向外格挡，注意以腰催力，幅度小，下挡快，恢复快。(图2-2-17)

图2-2-17

3）腿法防守：利用踢法封、截对手的进攻，或以推踢抢占有利空间。

对方欲起腿向我方进攻，我方在其欲动未动之际，用推踢技术封住对方，抑制其技术发挥。(图2-2-18)

图2-2-18

4）身法防守：利用身体的转动，头的闪躲等动作进行防守。

双方开式站立，对方左横踢进攻我方肋部，我方以左脚为轴身体快速旋转，边防边打，用右后踢反击其腹部。（图2-2-19）

图2-2-19

（2）**防守技术训练**：教练要根据学员的不同水平，组织各种有针对性的防守技术训练。

1）在原地、移动中根据想象单练各种防守技术。

2）对方用放慢速度，降低力度攻击，供我方进行各种防守技术训练。

3）与不同的对手进行实战训练，重点进行防守反击练习。

4）在护具、踢脚靶练习时，对方起腿攻击我方破绽，我方应立即做出防守动作。

5）实战中灵活运用各种防守技术，以提高动作质量。

3. 跆拳道品势训练

敬礼：家长口令"敬礼"，孩子鞠躬敬礼。

准备：家长口令"准备"，孩子右脚横跨一步，身体重心下降成马步，同时双拳拳心向下，伸直平举，同肩宽，口喊"Tae Kwon"（韩语，意为跆拳），双拳回收于腰间，拳心向上。注意拳头前伸时喊"Tae"，回收到腰间时喊"Kwon"，动作要有节奏感与力度感。（图2-2-20）

图2-2-20

图2-2-21

孩子在道馆经过一段时间的训练，可以在家长的配合下，做亲子互动训练。方法是，家长喊动作名称，孩子依次完成动作。比如，口令"马步一次冲拳"，孩子立即左一拳、右一拳。以下内容组合后就可以成为一套完整的跆拳道拳路。

（1）马步一次冲拳（左冲拳、右冲拳）。（图2-2-21）

（2）马步二次冲拳)左
右冲拳、左右冲拳）。
（3）马步三次冲拳(左
上冲拳、右中冲拳、右下
冲拳）。(图2-2-22)

图2-2-22

（4）马步上挡（右上
挡、左上挡）。(图2-2-23)

图2-2-23

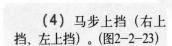

（5）马步中挡（右中挡、左中挡）。（图2-2-24）

图2-2-24

（6）马步下挡（右下挡、左下挡）。（图2-2-25）

图2-2-25

（7）三七步手刀（身体分别转向左、右）。（图2-2-26）

图2-2-26

（8）弓步上挡（左脚向正前上一大步，成左弓步，接左上挡、右上挡）。（图2-2-27）

图2-2-27

（9） 弓步中挡（左中挡、右中挡）。（图2-2-28）

图2-2-28

图2-2-29

（10） 弓步下挡(左下挡)。（图2-2-29）

（11）弓步冲拳（右冲拳、同时气合，大喊一声Cei——）。（图2-2-30）

图2-2-30

收拳：保持左弓步右冲拳姿势不动，静止约2秒，家长喊"傲八罗——"（韩语，意为还原），孩子右脚内收，并步，敬礼。（图2-2-31）

图2-2-31

三 少年跆拳道攻防技巧与防身术

ShaoNian TaiQuanDao GongFangJiQiao YuFangShenShu

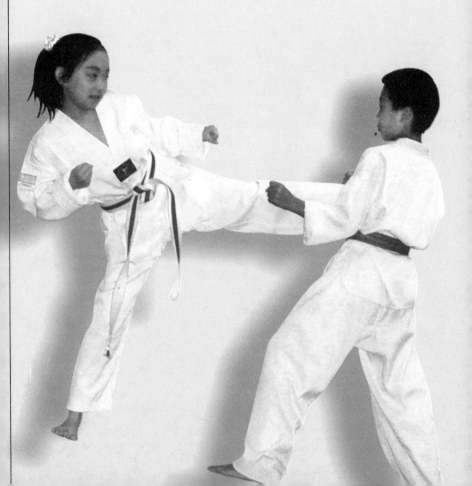

（一）攻防技巧

1.组合踢法

（1）单腿连踢

1）左横踢击肋，复击头：双方保持基本姿势，我方以左横踢击对方肋部，脚刚一点地(或不点地)，立即再击对方头部。(图3-1-1)

图3-1-1

图3-1-2

2）连续右横踢：双方保持基本姿势，我方右横踢进攻对方肋部，脚刚一点地，立即再以右横踢进攻同一部位。（图3-1-2）

3）左横踢击肋部，复左下劈击头：双方保持基本姿势，我方以左横踢击对方肋部，脚一点地立即再左下劈击对方头部。（图3-1-3）

图3-1-3

（2）双腿连踢

1）左横踢+右横踢。（图3-1-4）

图3-1-4

2）右横踢+左后踢。（图3-1-5）

图3-1-5

3）左横踢+右后旋踢。（图3-1-6）

图3-1-6

4) 右横踢+右旋风踢。(图3-1-7)

图3-1-7

图3-1-8

5) 右横踢+左横踢+右后踢。(图3-1-8)

6) 双飞踢。(图3-1-9)

图3-1-9

7) 左横踢+右横踢+双飞踢+右旋风踢。（图3-1-10）

图3-1-10

8）行进中左横踢+右横踢+后退中右横踢+左横踢+右后踢。（图3-1-11）

图3-1-11

动作说明：该组合是一种训练模式，两次进攻、两次反击、一次迎击，也可以理解为进攻——防守——再进攻的战术。

(3) 组合踢法的特点

1) 组合踢法力求最省力、最隐蔽、最连贯。

2) 组合踢法有原地的、向前的、向后的、转动的、跳起的、侧向的；主动进攻或反击；击打中段或头部，击打上体胸肋部的正面或侧面等等。

3) 训练组合踢法需要将空击与击打器材相结合，按照一定的模式进行训练，熟练掌握后就可以举一反三、灵活组合。例如：横踢+横踢、横踢+下劈、横踢+后踢、横踢+后踢+横踢、横踢+双飞+旋风踢、后滑步+横踢+下劈、斜后滑步+横踢+双飞、横踢+双飞+旋风踢+后旋踢。

2.拳脚攻防技巧

跆拳道最常用的拳脚组合只有一种：直拳+横踢(图3-1-12)。在防身术中，则有许多组合拳法结合组合腿法的技巧。这些内容将在"防身术"中详细介绍。

图3-1-12

（二）防身术

1.实用防身术

（1）破虎口掐喉

　　动作说明：我方与对方均成左势，对方右脚上步，右手以虎口部向我方喉部掐击，我方右手从对方右手上方经过，抓住其手掌外侧，左手抓住其手腕，身体猛然右转以左腋部或前臂靠近肘关节部位压住其右肘关节，左膝下蹲，控制住其肘、腕两个关节，并使肩关节也受到牵制，这时再突然将对方右手手腕卷向外侧，并上提。（图3-2-1）

图3-2-1

（2）破连臂箍腰

动作说明：我方背对着对方，双脚前后分开与肩同宽，对方上步将我方连臂部紧紧箍住，我方速抬右脚朝对方右脚掌猛踩一脚，同时双肘用力上抬至肩高，使其松手，同时双膝微屈，身体右转，以右肘部猛击对方肋部。(图3-2-2)

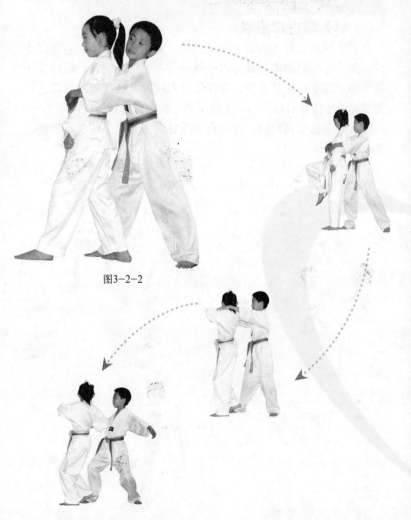

图3-2-2

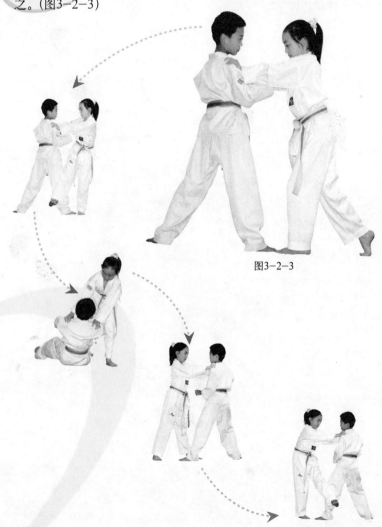

（3）抓肩别腿

动作说明：对方右脚在前，我方左脚在前时，我方主动双手抓住对方双肩，随即提右脚向对方右腿后插步别其腿，上体前俯向左拧转，将对方摔倒。如果对方左脚在前，我方则换上左脚别之。（图3-2-3）

图3-2-3

（4）抱腰外勾腿

动作说明：对方企图打我方耳光时，我方迅速屈臂阻挡，潜伏向前上步，左脚落在对方两腿之间，屈膝，双手抱其腰部，头右侧顶住对手下颌，身体前倾挤压，右腿从外向后别其左小腿，将对方摔倒。(图3-2-4)

图3-2-4

（5）卷腕

动作说明：我方主动用左手抓住对方右手，虎口对虎口，转向对方内侧；右手迅速抓其右腕，双手拇指同时压住对手手背，双手四指重叠，合力将对手手腕向其前臂内侧折成直角，令其因疼痛而撤离跌倒。如用冷脆劲，对方手腕会折断。（图3-2-5）

图3-2-5

（6）肘膝破腿与别腿

动作说明：对方横踢进攻，我方左手由里向外接住其右腿，在臂弯处夹紧，起右肘下击对手大腿，右膝突然上顶其右大腿下部，并别腿摔之。（图3-2-6）

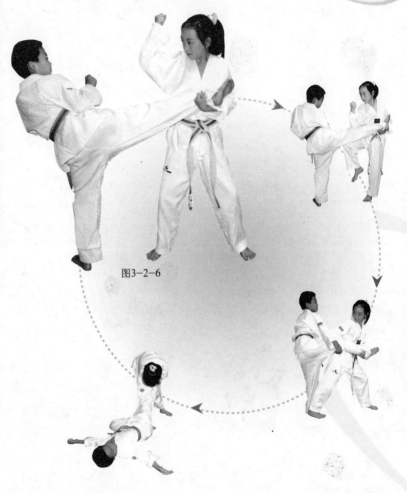

图3-2-6

(7) 逃跑

动作说明：武力悬殊时，我方要以"之"字形路线逃跑，对方追上时应突然蹲身成仆步，使其抓空或被绊倒在地。(图3-2-7)

图3-2-7

2.综合格斗术

(1)格斗姿势：要始终注意抬高双手,护好头部与两肋。(图3-2-8)

图3-2-8

（2）基本拳法

1）刺拳：用于前手点击对方脸部。（图3-2-9）

图3-2-9

2）后手直拳：用于重击对方脸部或上体。（图3-2-10）

图3-2-10

3）其他拳法：还有钩拳（图3-2-11）、劈砸拳（图3-2-12）、转身鞭拳（图3-2-13）等，分别用于重击对方下巴或上体、重击对方脸部或后背，以及重击对方脸部或后脑。

图3-2-11

图3-2-12

图3-2-13

（3）一二连击：我方以基本姿势迎战，前手直拳接后手直拳连击对方鼻梁。（图3-2-14）

技术要领：一二连击几乎为一拍，间隔十分短促；也可以左手用分开的手指抓、插对方眼睛，右手直拳连击对方鼻梁。该动作一定要大气，不要太拘束，要在气势上给对手施加压力，这是非常重要的连击拳，注意节奏感。

图3-2-14

（4）拳法与踢法的组合：习惯于竞技跆拳道或拳击的人很难习惯于立体攻防，将踢与打进行组合运用。这时就要加强拳法与踢法组合运用的训练。

1）前手虚晃+侧踹（或低横踢）。（图3-2-15）

图3-2-15

2）直拳+横踢+摆拳。（图3-2-16）

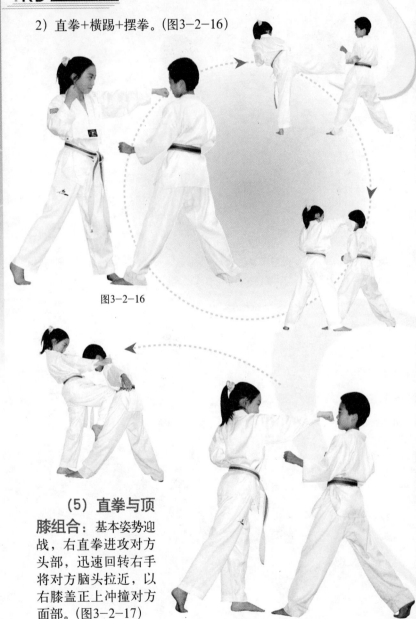

图3-2-16

（5）直拳与顶膝组合：基本姿势迎战，右直拳进攻对方头部，迅速回转右手将对方脑头拉近，以右膝盖正上冲撞对方面部。（图3-2-17）

图3-2-17

（6）拳打、脚踢、摔倒、擒拿技术灵活组合

1）刺拳+横踢+摔。（图3-2-18）

图3-2-18

2）狮子小张口：对方双手卡向我方咽喉时，我方以双手对付其右前臂，左手从其双手中抓住对方手腕外翻，右手伸到对方右前臂外侧肘部向里扳，双手配合，同时发力，控制其右前臂，将对方摔倒后擒拿。（图3-2-19）

图3-2-19

(7)一招制敌——锁喉术：各种拳术多是练站立式的搏斗技巧，对倒地后的搏斗技术了解不多，其实结束地面战斗最有效的就是锁喉术。

(8)无招胜有招：人的智慧是格斗制胜的最重要条件。对付歹徒，即使没学过多少格斗技巧，甚至从未练过武，只要会用各种计谋和策略，就能巧妙与强敌周旋，再利用身边的环境，和一切可以利用的手段，或操起身边的木棍、砖块、螺丝刀等，作为自卫武器，争取保存自己、摆脱困境。

（四）少年跆拳道精神磨炼与舞术表演

ShaoNian TaiQuanDao JingShenMoLian YuWuShuBiaoYan

（一）跆拳道精神磨炼

1.十二字口诀

跆拳道的精神：礼仪、廉耻、忍耐、克己、百折不屈。

2.品格与气质训练

（1）品格与气质的训练：少年儿童通过跆拳道训练，从精神与品格上将有着与众不同的气质。

图4-1-1

1）收心、入静，调整好情绪，在练拳中全神贯注，通过缓慢与快速动作相间的训练，以及"面前无敌似有敌"的假想敌实战训练,形成大无畏的气魄。(图4-1-1)

2）从训练细节中贯穿礼仪教育，通过尊师敬长爱幼等高尚情操的灌输，以提升其品格。(图4-1-2)

图4-1-2

3）在严格的训练中磨炼顽强的意志，学会在失败时坚强，在胜利时谦逊，不断充实心智。（图4-1-3）

图4-1-3

4）鼓励与倡导兴趣广泛，能说会道，情绪稳定，精神饱满，多才多艺。

（2）外型素质的训练：习练跆拳道，有些家长担心孩子会不会个头变矮、腿脚变粗，这是莫须有的担心。跆拳道许多动作都结合了快速弹跳与腾空跳的训练；快速连续的踢腿训练更能练出修长腿部。少年儿童通过跆拳道训练，将具有身材挺拔、气宇轩昂的外型特征。

1）塑造挺拔体型
①练习跆拳道的起势、收势和金刚中的"山形架挡"。（图4-1-4～6）

图4-1-4

图4-1-5

图4-1-6

②练习跆拳道品势十进中的"推大石"，使脊柱两侧肌肉韧带群重新拉长、修整。(图4-1-7)

图4-1-7

③背靠墙站立，双肩平而后展，脚跟与后脑、臀部尽可能紧贴于墙。

④并步站立，双手手心向后撑，挺胸收腹。(图4-1-8)

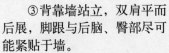

图4-1-8

2）塑造腿部线条
①经常练习压腿。(图4-1-9)

②练习行进间
踢腿。(图4-1-10)

图4-1-9

图4-1-10

③经常练习控
腿。(图4-1-11)

图4-1-11

④循环练习下劈、里合接外摆动作。(图4-1-12～14)

图4-1-12

图4-1-13

图4-1-14

3.挫折承受力训练

训练中，在及时给予肯定与鼓励的同时，尤其要注意给小学员一定的挫折教育，不管训练与比赛成绩好坏，都不能让其有自高自大或悲观失落的情绪产生。

（1）晋级考试中不给通过。

（2）组织家长观看学员们实战比赛中判其低分。

（3）动作一再不到位时给予严厉批评。

（4）在一系列小型内部比赛中不断取胜的小学员，教练可特意安排一次道馆内实战比赛，让实力超强的对手与其进行对抗赛，让其失败一次。

（5）及时教育学员在遇到挫折时，要采取心理提示法进行自我暗示，如"我能行！""没问题！""我才不怕呢！"等迅速恢复自信的方法。

4.意志与耐力训练

（1）刚完成50次脚靶练习，学员想要休息，教练立即要求其再踢20次。（图4-1-15）

图4-1-15

（2）刚打赢一个对手，立即安排一个实力更强的对手与之继续实战。（图4-1-16）

图4-1-16

（3）匀速跑步训练可以在准备活动过程中进行，并渐渐加大运动量。（图4-1-17）

图4-1-17

图4-1-18

（4）30～50秒内连续上跳，经过一个周期训练后许多学员可达到50～60秒钟连续上跳。（图4-1-18）

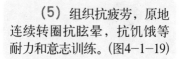

（5）组织抗疲劳，原地连续转圈抗眩晕，抗饥饿等耐力和意志训练。（图4-1-19）

图4-1-19

图4-1-20

1）练习过山羊提膝碰手。（图4-1-20）

2）练习单腿连续提膝碰手。（图4-1-21）

图4-1-21

图4-1-22

3）练习左右腿连续交替提膝碰手。（图4-1-22）

没有负荷，就不会出现疲劳现象，也就不会有超量恢复原理，也就没有运动成绩实质性的突破。

（6）道德意志训练可以先建立《道馆公约》来规范学员的言行准则，使良好的行为不断得到强化，有意识地培养优良的道德习惯，形成共同的品质。

（二）跆搏舞术表演

1.难度踢法

（1）旋风踢

动作规格：保持基本姿势，以左脚掌为转动轴，脚跟向前转动一周，右脚屈膝上提，随身转至正对前方时，左脚蹬地跳起左横踢，右左脚依次落地。（图4-2-1）

图4-2-1

动作要领：身体沿纵轴方面旋转，重心随转动往上"飘"；双手向右后甩动增加转动速度，但勿产生预动，应同身体协调同时发力；右脚起到瞄准器的作用，对准攻击目标，若未对准目标就提前出左横踢，则横踢半径过大，不能命中；身体旋转速度要快，转动后眼睛应迅速找到目标；上体不能过分后仰。

（2）腾空后踢

动作规格：保持基本姿势，以左脚掌为轴，脚跟向右旋转约45°，正对前方，左脚蹬地，右膝提起，靠近胸腹部，团身；右脚快速向后踢出，重心前移落下，呈右势站立。(图4-2-2)

图4-2-2

动作要领：转身、腾空、提膝、出腿要一气呵成，不能有停顿；控制右侧腰部，不宜跟着出腿旋转，边旋边踢，应该直线出腿，力达脚跟或脚掌，尽量贴着支撑腿发力；掌握好距离。

图4-2-3

（3）腾空下劈

动作规格：保持基本姿势，右脚蹬地，髋部前移，重心向上"飘"起，右脚向左脚内侧靠近，左腿高高上举过头，身体腾空，左脚下落击打目标，右左脚依次落地，呈基本姿势。（图4-2-3）

动作要领：起腿要快速、果断；重心前，移速度要快；右脚蹬地有力，左脚掌击打发力短促，动作敏捷连贯；攻击前上体勿后仰；落地时可往后甩头以增加力度。

（4）转身下劈

动作规格：保持基本姿势，左脚以脚掌为轴内旋约90°，上身旋转，右腿向右后方伸出，用力从最高点向下鞭打，重心在原地旋转，脚落于前方位置，呈右势。（图4-2-4）

动作要领：转身、旋转、踢腿、落地，动作连贯，一气呵成，中间不能停顿；以身带腿，击打点应位于正前下方；屈膝起腿的旋转速度更快，幅度更小；身体原地旋转180°。

图4-2-4

图4-2-5

（5）腾空转身下劈

动作规格：保持基本姿势，左脚以脚掌为轴内旋约90°，上身旋转，左脚蹬地起跳，右腿向右后方伸出并用力从最高点向下鞭打，重心在原地旋转，脚落于前方位置，呈右势。（图4-2-5）

动作要领：转身、旋转、起跳、踢腿、落地，动作连贯，一气呵成，中间不能停顿；击打点应位于正前下方；身体原地旋转180°。

（6）双飞踢

动作规格：基本姿势站立，右脚蹬地起跳，右横踢击肋，身体处于腾空状态，左腿大小腿稍曲，猛烈转腰，左横踢击肋，落地成基本姿势。（图4-2-6）

动作要领：身体不要后仰；可摆臂助力。

图4-2-6

图4-2-7

（7）腾空后旋踢

动作规格：保持基本姿势，左脚蹬地，身体边向左旋转边提右膝，上体突然往外倾斜，右脚向对手头部划弧，在最高点以右脚掌抽击，旋转一周落于原处，恢复成基本姿势。（图4-2-7）

动作要领：在右小腿用力向右屈膝鞭打时，应使击打点在正前方；身体原地旋转360°；踢击时头朝远离目标方向，猛地甩动，以增加右脚攻击力量；落地后迅速恢复成基本姿势。

2.品势精选

（1）**太极一章**：太极一章至八章的演练路线均用"王"字来表示。（图4-2-8）

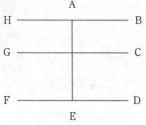

图4-2-8

准备姿势。（图4-2-9）

图4-2-10

图4-2-9

动作一：站于A点，身体向左转，左脚转向演练图的B方向(以下简称B)，成左前行步,左手外腕格挡防左下段。（图4-2-10）

动作二：右脚向前上步成右前行步，右冲拳击中段。(图4-2-11)

图4-2-11

动作三：身体向右后转体180°，右脚向前上步对着H方向，呈右前行步，右手外腕格挡防右下段。(图4-2-12)

图4-2-12

动作四：左脚向前上步，呈左前行步，左冲拳击中段。(图4-2-13)

图4-2-13

动作五：身体向左转，左脚向E方向上步，呈左弓步，左手外腕向下格挡防左下段。（图4-2-14）

图4-2-14

动作六：身体姿势保持不变，右冲拳击中段。注意不能过分送肩，上体正直，右脚脚跟不能抬起。（图4-2-15）

图4-2-15

动作七：左脚不动，右脚移向G方向，呈右前行步，左手里腕格挡防左中段。（图4-2-16）

图4-2-16

动作八：左脚向G方向上步，呈左前行步，右拳冲拳击中段。（图4-2-17）

图4-2-17

动作九：以左脚跟为轴，身体向C方向转180°，呈左前行步，右手里腕格挡防右中段。（图4-2-18）

图4-2-18

动作十：右脚向前上步，呈右前行步，左冲拳击中段。（图4-2-19）

图4-2-19

119

动作十一：以左脚跟为轴身体右转，右脚移向E方向，呈右弓步，右手外腕格挡防右下段。（图4-2-20）

图4-2-20

图4-2-21

动作十二：身体姿势不变，左冲拳击中段。（图4-2-21）

动作十三：左脚移向D方向，呈左前行步，左前臂上挡防左上段。（图4-2-22）

图4-2-22

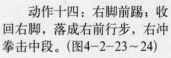

图4-2-23

动作十四：右脚前踢；收回右脚，落成右前行步，右冲拳击中段。（图4-2-23～24）

图4-2-24

动作十五：以左脚跟为轴，身体向右转180°，右脚移向F方向，呈右前行步，右手外腕上挡防右上段。（图4-2-25）

图4-2-25

动作十六：左脚前踢；收回左脚，落成左前行步，左冲拳击中段。（图4-2-26～27）

图4-2-26

图4-2-27

动作十七：以右脚跟为轴，身体向右转90°，朝向A方向，呈左弓步，用左手外腕格挡防左下段。（图4-2-28）

图4-2-28

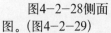

图4-2-28侧面
图。(图4-2-29)

图4-2-29

动作十八：右脚向前上一步，
面向A方向，呈右弓步，右冲拳击
中段，气合。(图4-2-30)

图4-2-30

图4-2-30侧面
图。(图4-2-31)

图4-2-31

收势：以右脚为轴，身体左后转，左脚后撤与右脚平行，恢复成准备姿势，站于起点。(图4-2-32)

图4-2-32

（2）太极二章

准备姿势。(图4-2-33)

图4-2-33

动作一：身体左转朝向B方向，呈左前行步，左手外腕格挡防左下段。(图4-2-34)

图4-2-34

动作二：右脚上一步，呈右弓步，右冲拳击中段。（图4-2-35）

图4-2-35

动作三：向右转体180°，向H方向，呈右前行步，右手外腕格挡防右下段。（图4-2-36）

图4-2-36

动作四：左脚上一步，呈左弓步，左冲拳击中段。（图4-2-37）

图4-2-37

动作五：以右脚为轴，身体向左转，左脚朝向E方向，呈左前行步，右手里腕格挡防中段。（图4-2-38）

图4-2-38

动作六：右脚上一步，呈右前行步，左手里腕格挡防中段。（图4-2-39）

图4-2-39

动作七：向左转体90°，左脚移向C方向，呈左前行步，左手外腕格挡防下段。（图4-2-40）

图4-2-40

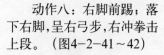

动作八：右脚前踢；落下右脚，呈右弓步，右冲拳击上段。（图4-2-41~42）

图4-2-41

图4-2-42

动作九：以左脚为轴，身体向右转180°，右脚朝向G方向，呈右前行步，右手外腕格挡防右下段。（图4-2-43）

图4-2-43

动作十：左脚前踢；落下左脚，呈左弓步，左冲拳击上段。（图4-2-44~45）

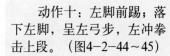

图4-2-44

图4-2-45

动作十一：以右脚为轴，向左转体90°，左脚移向E方向，呈左前行步，左手外腕上挡防上段。（图4-2-46）

图4-2-46

动作十二：右脚向前上一步，呈右前行步，右手外腕上挡防上段。（图4-2-47）

图4-2-47

动作十三：以右脚掌为轴，向左转体270°，左脚移向F方向，呈左前行步，右手里腕向内格挡防中段。（图4-2-48）

图4-2-48

图4-2-49

动作十四：以左脚为轴，向右转体180°，朝向D方向，呈右前行步，左手里腕向内格挡防中段。（图4-2-49）

动作十五：提起左脚，贴着右脚转向A方向，呈左前行步，左手外腕向下格挡防下段。（图4-2-50）

图4-2-50

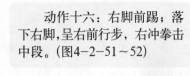

动作十六：右脚前踢；落下右脚，呈右前行步，右冲拳击中段。（图4-2-51～52）

图4-2-51

图4-2-52

图4-2-53

动作十七：左脚前踢；落下左脚，呈左前行步，左冲拳击中段。（图4-2-53～54）

图4-2-54

图4-2-55

图4-2-56

动作十八：右脚前踢；轻轻落下右脚，呈右前行步，右冲拳击中段，气合。(图4-2-55~56)

收势：向左后转体180°，恢复成准备姿势。（图4-2-57）

图4-2-57

（3）太极三章
准备姿势。（图4-2-58）

图4-2-58

动作一：向左转体90°，左脚朝向B方向，呈左前行步，左手外腕格挡防左下段。（图4-2-59）

图4-2-59

动作二：右脚前踢，落成右弓步，右冲拳击中段，再左冲拳击中段。(图4-2-60~62)

图4-2-60

图4-2-61

图4-2-62

动作三：以右脚为轴向右转体180°，右脚移向H方向，呈右前行步，右手外腕格挡防右下段。（图4-2-63）

图4-2-63

图4-2-64

动作四：左脚前踢，落成左弓步，左冲拳击中段，再右冲拳击中段。（图4-2-64~66）

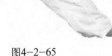

图4-2-65

动作五：以右脚为轴，左转90°，左脚朝向E方向，呈左前行步，右手刀砍击对方颈侧。（图4-2-67）

图4-2-66

图4-2-67

动作六：右脚向前上步，呈右前行步，左手刀砍击对方颈侧。（图4-2-68）

图4-2-68

动作七：右脚不动，左脚转向C方向，呈三七步，左手刀向外格挡防中段。（图4-2-69）

图4-2-69

图4-2-70

动作八：左脚向前上步，呈左弓步，右冲拳击中段。（图4-2-70）

图4-2-71

动作九：左脚不动，右脚转向G方向，呈三七步，右手刀向外格挡防中段。（图4-2-71）

动作十：左脚不动，右脚向前一步，呈右弓步，左冲拳击中段。(图4-2-72)

图4-2-72

动作十一：右脚不动，左脚转向E方向，呈左前行步，右手里腕向内格挡防中段。(图4-2-73)

图4-2-73

动作十二：右脚向前上步，呈右前行步，左手里腕向内格挡防中段。(图4-2-74)

图4-2-74

137

动作十三：以右脚跟为轴，向左转体，朝向F方向，呈左前行步，左手外腕格挡防左下段。（图4-2-75）

图4-2-75

图4-2-76

动作十四：右脚前踢；落成右弓步，右冲拳击中段，再左冲拳击中段。（图4-2-76~78）

图4-2-77

图4-2-78

动作十五：以左脚为轴，向右转体180°，右脚朝向D方向，呈右前行步，右手外腕格挡防右下段。（图4-2-79）

图4-2-79

图4-2-80

动作十六：左脚前踢；落下成左弓步，左冲拳击中段，再右冲拳击中段。（图4-2-80～82）

139

图4-2-81

图4-2-82

图4-2-83

动作十七：以右脚为轴，左脚向左转90°，朝向A方向，呈左前行步，左手外腕向下格挡防左下段，右冲拳击中段。（图4-2-83～84）

图4-2-84

动作十八：右脚向前上步，呈右前行步，右手外腕向下格挡防右下段，左冲拳击中段。（图4-2-85~86）

图4-2-85

图4-2-86

动作十九：左脚前踢，落成左前行步，左手外腕向下格挡防左下段，右冲拳击中段。（图4-2-87～89）

图4-2-87

图4-2-88

图4-2-89

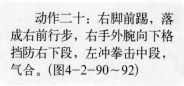

动作二十：右脚前踢，落成右前行步，右手外腕向下格挡防右下段，左冲拳击中段，气合。(图4-2-90～92)

图4-2-90

图4-2-91

图4-2-92

收势：向左转体180°，收左脚恢复成准备姿势。（图4-2-93）

图4-2-93

（4）太极四章

准备姿势。（图4-2-94）

图4-2-94

动作一：向左转体90°，左脚移向B方向，呈三七步，左手刀外挡防左中段。（图4-2-95）

图4-2-95

动作二：右脚向前上步，呈右弓步，左手掌根往下挡压防，同时右手掌心向左，指尖插击中段。（图4-2-96）

图4-2-96

动作三：以左脚为轴，身体右转180°，右脚移向H方向，呈三七步，右手刀外挡防右中段。（图4-2-97）

图4-2-97

动作四：左脚向前上步，呈左弓步，左手掌根往下挡压防，同时左手掌心向右，指尖插击中段。（图4-2-98）

图4-2-98

动作五：以右脚跟为轴，身体左转90°，左脚移向E方向，呈左弓步，左手刀上架于额前，右手刀砍击对方颈侧。（图4-2-99）

图4-2-99

图4-2-100

图4-2-101

动作六：右脚前踢，落成右弓步，左冲拳击中段。（图4-2-100~101）

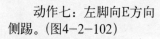

动作七：左脚向E方向
侧踢。(图4-2-102)

图4-2-102

图4-2-103

动作八：收回左脚，右
脚向E方向侧踢，落成左三七
步，右手刀外挡防中段。(图
4-2-103～104)

图4-2-104

动作九：以右脚跟为轴，向左后转体，左脚移向F方向，呈三七步，左手里腕外挡防左中段。（图4-2-105）

图4-2-105

图4-2-106

图4-2-107

动作十：右脚前踢，落成三七步，右手外腕里挡防右中段。（图4-2-106～107）

动作十一：向右转体180°，右脚移向D方向，呈三七步，右手里腕外挡防右中段。（图4-2-108）

图4-2-108

图4-2-109

动作十二：左脚前踢，落成三七步，左手外腕里挡防左中段。（图4-2-109～110）

图4-2-110

动作十三：右脚不动，左脚移向A方向，呈左弓步，右手刀砍击对方颈侧。(图4-2-111)

动作十四：右脚前踢，落成右弓步，右翻背拳弹击对方面部。(图4-2-112～113)

图4-2-111

图4-2-112

图4-2-113

动作十五：右脚不动，左脚移向G方向，呈左前行步，左手外腕里挡防中段。(图4-2-114)

图4-2-114

动作十六：两脚不动，姿势不变，右冲拳击中段。（图4-2-115）

动作十七：向右转体180°，面对B方向，呈右前行步，右手外腕里挡防中段。（图4-2-116）

图4-2-115

图4-2-116

动作十八：两脚不动，左冲拳击中段。（图4-2-117）

图4-2-117

动作十九：右脚不动，左脚移向A方向，呈左弓步，左手外腕里挡防中段，右冲拳击中段，接左冲拳击中段。(图4-2-118~120)

图4-2-118

图4-2-119

图4-2-120

动作二十：右脚向前上步，呈右弓步，右手外腕里挡防中段，左冲拳击中段，接右冲拳击中段，气合。(图4-2-121~123)

图4-2-121

图4-2-122

图4-2-123

收势：向左转体180°，恢复成准备姿势。(图4-2-124)

图4-2-124

（5）太极五章

准备姿势。（图4-2-125）

图4-2-125

动作一：向左转体90°，左脚向B方向迈出，呈左弓步，左手外腕格挡防下段。（图4-2-126）

图4-2-126

动作二：左脚收成左前行步，目视B方向，身体转向E方向，左锤拳弧形下砸。（图4-2-127）

图4-2-127

动作三：向右转体90°，右脚向H方向迈出，呈右弓步，右手外腕格挡防下段。（图4-2-128）

图4-2-128

动作四：右脚收成右前行步，目视H方向，身体转向E方向，右锤拳弧形下砸。（图4-2-129）

图4-2-129

图4-2-130

动作五：右脚不动，左脚向E方向上步，呈左弓步，同时左手外腕向里格挡，接右手外腕向里格挡防中段。（图4-2-130～131）

图4-2-131

图4-2-132

图4-2-133

图4-2-134

动作六：右脚前踢，落成右弓步，同时右翻背拳前打，左手外腕向里格挡防中段。（图4-2-132~134）

动作七：左脚前踢，落成左弓步，同时左翻背拳前打，右手外腕向里格挡防中段。(图4-2-135~137)

图4-2-135

图4-2-136

图4-2-137

动作八：右脚向前上步，呈右弓步，同时右翻背拳前打。（图4-2-138）

图4-2-138

图4-2-139

动作九：以右脚为轴向左后转身，左脚向F方向移动，呈三七步，左手刀侧挡防中段。（图4-2-139）

图4-2-140

动作十：右脚向前上步，呈右弓步，右肘击中段。（图4-2-140）

图4-2-141

动作十一：以左脚为轴向右后转身，右脚向D方向移动，呈三七步，右手刀外挡防中段。（图4-2-141）

图4-2-142

动作十二：左脚向前上步，呈左弓步，左肘击中段。（图4-2-142）

图4-2-143

动作十三：以右脚为轴向左转体，左脚移向A方向，呈左弓步，左手外腕下挡防下段，接右手外腕里挡防中段。（图4-2-143～144）

图4-2-144

图4-2-145

动作十四：右脚前踢，落成右弓步，右手外腕下挡防下段，接左手外腕里挡防中段。(图4-2-145～147)

图4-2-146

图4-2-147

图4-2-148

动作十五：右脚不动，左脚移向G方向，呈左弓步，同时左手外腕上挡防上段。(图4-2-148)

动作十六：右脚向G方向侧踢，落成右弓步，左肘击中段。(图4-2-149~150)

图4-2-149

图4-2-150

动作十七：以左脚为轴向右后转身，右脚向C方向移步，呈右弓步，同时右手外腕上挡防上段。(图4-2-151)

图4-2-151

图4-2-152

动作十八：左脚向C方向侧踢，落成左弓步，右肘击中段。(图4-2-152~153)

图4-2-153

动作十九：左脚向A方向移动，呈左弓步，左手外腕下挡防下段，右手外腕里挡防中段。（图4-2-154～155）

图4-2-154

图4-2-155

动作二十：右脚前踢，左脚跳进一步，呈后交叉步，同时右翻背拳前打，气合。（图4-2-156～157）

图4-2-156

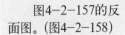

图4-2-157的反面图。(图4-2-158)

图4-2-157

图4-2-158

图4-2-159

收势：向左转体，恢复成准备姿势。(图4-2-159)

图4-2-160

(6) 太极六章
准备姿势。(图4-2-160)

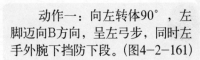

动作一：向左转体90°，左脚迈向B方向，呈左弓步，同时左手外腕下挡防下段。（图4-2-161）

图4-2-161

图4-2-162

图4-2-163

动作二：右脚前踢，往后落成三七步，左手外腕外挡防中段。（图4-2-162~163）

动作三：原地向右后转身，右脚向H方向移动，呈右弓步，右手外腕下挡防下段。（图4-2-164）

图4-2-164

动作四：左脚前踢，落成三七步，右手外腕外挡防中段。（图4-2-165~166）

图4-2-165

图4-2-166

动作五：右脚不动，左脚向E方向移动，呈左弓步，身体稍向左拧转，右手刀向外格挡防右上段。（图4-2-167）

图4-2-167

动作六：右脚向E方向高横踢击上段。（图4-2-168）

图4-2-168

图4-2-169

动作七：落下右脚，左脚向C方向上步，呈左弓步，左手外腕外挡防中段，右冲拳击中段。（图4-2-169～170）

图4-2-170

图4-2-171

动作八：右脚前踢，落成右弓步，左冲拳击中段。（图4-2-171~172）

图4-2-172

图4-2-173

动作九：以左脚为轴向右后转身，右脚向G方向移步，呈右弓步，右手外腕向外格挡防中段，接左冲拳击中段。（图4-2-173~174）

图4-2-174

动作十：左脚前踢，落成左弓步，右冲拳击中段。（图4-2-175~176）

图4-2-175

图4-2-176

动作十一：以右脚为轴向左转身，面向E方向，呈开立步，同时双拳额前十字交叉向下用力分挡。（图4-2-177~178）

图4-2-177

图4-2-178

动作十二：右脚向E方向移步，呈右弓步，身体稍向右拧转，左手刀外挡防中段。(图4-2-179)

动作十三：左脚高横踢击上段，气合。(图4-2-180)

图4-2-179

图4-2-180

动作十四：左脚往E方向落下，距右脚一步半，以左脚为轴向右后转身，右脚向D方向上步，呈右弓步，右手外腕下挡防下段。(图4-2-181)

图4-2-181

图4-2-182

动作十五：左脚前踢，收回落成三七步，右手外腕向外格挡防中段。（图4-2-182~183）

图4-2-183

图4-2-184

动作十六：右脚不动，向F方向上左脚，呈左弓步，左手外腕下挡防下段。（图4-2-184）

动作十七：右脚前踢，收回落成三七步，左手外腕向外格挡防中段。(图4-2-185~186)

图4-2-185

图4-2-186

动作十八：右脚由A方向移向E方向，呈三七步，左手刀向外格挡防中段。(图4-2-187)

图4-2-187

动作十九：左脚向A方向退步，呈三七步，同时右手刀外挡防中段。(图4-2-188)

图4-2-188

动作二十：右脚向A方向退步，呈左弓步，左手掌根向下拍挡防中段。（图4-2-189）

动作二十一：上动不停，右冲拳击中段。（图4-2-190）

图4-2-189

图4-2-190

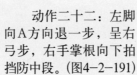

动作二十二：左脚向A方向退一步，呈右弓步，右手掌根向下拍挡防中段。（图4-2-191）

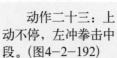

动作二十三：上动不停，左冲拳击中段。（图4-2-192）

图4-2-191

图4-2-192

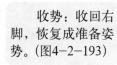

收势：收回右脚，恢复成准备姿势。（图4-2-193）

图4-2-193

（7）太极七章

准备姿势。（图4-2-194）

图4-2-194

图4-2-195

动作一：向左转体90°，面向B方向，呈左虚步，同时右手掌根向下拍挡防中段。（图4-2-195）

动作二：右脚向B方向前踢，落成左虚步，同时左腕里挡防中段。（图4-2-196~197）

图4-2-196

图4-2-197

动作三：向右后转身朝向H方向，呈右虚步，同时左手掌根拍挡防中段。（图4- 198）

图4-2-198

动作四：左脚向H方向前踢，落成右虚步，右手外腕向里格挡防中段。（图4-2-199~200）

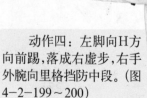

图4-2-199

图4-2-200

动作五：右脚不动，左脚转向E方向，呈右三七步，左手刀下挡防下段。（图4-2-201）

图4-2-201

动作六：右脚向前上步，呈左三七步，右手刀下挡防中段。（图4-2-202）

图4-2-202

动作七：左脚向C方向上步，呈左虚步，左前臂平置，左拳拳心向下贴于右肘尖，右手掌根下挡防中段。（图4-2-203）

图4-2-203

动作八：上动不停，上体从左向右猛转，以右翻背拳击中段。(图4-2-204)

图4-2-204

动作九：以左脚为轴，向右转体，面朝向G方向，呈右虚步，右前臂平置，右拳拳心向下贴于左肘尖，左手掌根下挡防中段。(图4-2-205)

图4-2-205

动作十：上动不停，上体从右向左猛转，以左翻背拳击中段。(图4-2-206)

动作十一：左脚向右脚并拢，朝向E方向并步站立，双手抱拳置于下颌前。(图4-2-207~208)

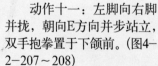

图4-2-207

图4-2-206

动作十二：左脚向前上步，呈左弓步，左手握拳，左前臂垂直，同时右手握拳，向下格挡防下段，右手以肘关节为轴，右前臂垂直，左手握拳，向下格挡防下段，连续两次格挡。（图4-2-209～210）

图4-2-208

图4-2-210

图4-2-209

动作十三：右脚向前上步，呈右弓步，左拳向下格挡防下段，右拳向下格挡防下段，连续两次格挡。（图4-2-211～212）

图4-2-211

图4-2-212

动作十四：以右脚为轴向左后转身，左脚向F方向移动，呈左弓步，双拳从自身中线前上方伸出，以双前臂插入格挡。（图4-2-213）

图4-2-213

图4-2-214

动作十五：双手抓对方头发或颈部，令假设敌头部往下，右膝向上猛顶，右脚前跳，左脚快速跟进，呈后交叉步，身体重心略降，双拳拳心向上用短促劲，猛击对方肋部或腹部。（图4-2-214～215）

图4-2-215

动作十六：左脚后退一步，呈右弓步，双拳十字交叉下挡防下段。（图4-2-216）

图4-2-216

动作十七：以左脚为轴，向右转体，右脚移向D方向，呈右弓步，双拳从自身中线前上方伸出，双臂插入格挡。（图4-2-217）

图4-2-217

动作十八：双手猛拉假设敌颈部，左膝向正上方猛顶，接左脚前跳，呈右脚后交叉步，重心略降，双拳拳心向上，以短促劲猛击对方肋部或腹部。（图4-2-218～219）

图4-2-218

动作十九：右脚后退，呈左弓步，双拳十字交叉下挡防下段。（图4-2-220）

图4-2-219

图4-2-220

动作二十：左脚迈向A方向，呈左前行步，同时左背拳前击假设敌面部。（图4-2-221）

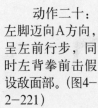

图4-2-221

图4-2-221的侧面图。（图4-2-222）

动作二十一：右脚里合，腿击假设敌头部，向左后转身，右脚落于AE线上，面向G方向，呈马步，同时右肘击中段。（图4-2-223~224）

图4-2-222

图4-2-223

图4-2-224

图4-2-225

图4-2-223的侧面图。（图4-2-225）

动作二十二：左脚跟进,面向Ａ方向，呈右前行步,同时右翻背拳前击假设敌面部。(图4-2-226)

图4-2-226的侧面图。(图4-2-227)

图4-2-226

图4-2-227

动作二十三：左脚里合腿击头，接右转身，面向Ｃ方向，呈马步，同时左肘击中段。(图4-2-228～229)

图4-2-228

图4-2-229

图4-2-228的侧
面图。(图4-2-230)

图4-2-230

动作二十四：马步
姿势不动,左手刀侧挡防
中段。(图4-2-231)

图4-2-231

动作二十五：右脚向A方向上步，呈马步，左手抓假设敌之手，握拳拳心向上置于腰间，右拳击中段，气合。(图4-2-232)

图4-2-232

图4-2-233

图4-2-232的侧面图。(图4-2-233)

收势：以右脚为轴向左后转身，面向E，恢复成准备姿势。(图4-2-234)

图4-2-234

(8) 太极八章

准备姿势。(图4-2-235)

图4-2-235

图4-2-236

　　动作一：左脚向E方向上步，呈三七步，左手外腕格挡防中段，左脚前移，呈左弓步，右冲拳击中段。(图4-2-236~237)

图4-2-237

动作二：左脚蹬地腾空前上踢,气合,落成左弓步,左手外腕内挡防中段,接右冲拳击中段,左冲拳击中段。(图4-2-238~242)

图4-2-238

图4-2-239

图4-2-240

图4-2-241

图4-2-242

动作三：右脚向前上步，呈右弓步，右冲拳击中段。（图4-2-243）

图4-2-243

图4-2-244

动作四：以右脚为轴向左转体，左脚向F方向移动，呈右弓步，左手握拳外腕下挡防下段，右手握拳，右前臂垂直，右拳高与头平，目视F方向。（图4-2-244）

动作五：重心慢速移至左脚，呈左弓步，面向F方向，左拳拉至右肩处，右拳勾击对方下颏。（图4-2-245）

图4-2-245

动作六：左脚向右脚前插步，经交叉步右脚继续向D方向撤步，呈左弓步，目视D方向，右拳外腕下挡防下段，左拳防上段。（图4-2-246）

图4-2-246

动作七：重心慢速移至右脚，呈右弓步，面向D方向，右拳拉至左肩处，左拳勾击对方下颌。（图4-2-247）

图4-2-247

动作八：右脚向A方向移动，向左后转身，面对E方向，呈三七步，左手刀侧挡防中段。（图4-2-248）

图4-2-248

动作九：左脚向前移步，呈左弓步，同时右冲拳击中段。(图4-2-249)

图4-2-249

图4-2-250

图4-2-251

动作十：右脚前踢，落回原处，左脚后退一步，呈右虚步，右手掌根向里格挡。(图4-2-250～251)

图4-2-252

动作十一：左脚向C方向移动，呈左虚步，左手刀外挡防中段。(图4-2-252)

图4-2-253

图4-2-254

动作十二：左脚前踢，落成左弓步，右冲拳击中段。(图4-2-253~254)

动作十三：收回左脚，呈左虚步，左手掌根向里格挡。（图4-2-255）

动作十四：原地向右后转体，面向G方向，呈右虚步，右手刀外挡防中段。（图4-2-256）

图4-2-255

图4-2-256

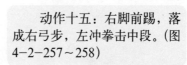

图4-2-257

动作十五：右脚前踢，落成右弓步，左冲拳击中段。（图4-2-257～258）

动作十六：收回右脚，呈右虚步，右手掌根向里格挡。（图4-2-259）

图4-2-258

图4-2-259

动作十七：右脚向A方向移动，呈三七步，右手外腕下挡防中段。（图4-2-260）

图4-2-260

动作十八：右脚腾空前上踢，气合，落成右弓步，右手外腕向里格挡中段，接左冲拳击中段，右冲拳击中段。（图4-2-261~264）

图4-2-261

图4-2-262

图4-2-263

图4-2-264

动作十九：以右脚为轴向左后转身，左脚移向B方向，呈三七步，左手刀侧挡防中段。（图4-2-265）

图4-2-265

图4-2-266

动作二十：左脚前移，呈左弓步，右肘击上段。（图4-2-266）

图4-2-267

动作二十一：两脚不动，右翻背拳前击对方脸部，接左冲拳击中段。（图4-2-267~268）

图4-2-268

动作二十二：原地向右后转身，收回右脚，呈三七步，右手刀侧挡防中段。（图4-2-269）

图4-2-269

图4-2-270

动作二十三：右脚稍前移，呈右弓步，左肘击上段。（图4-2-270）

动作二十四：双脚不动，左背拳向前弹打对方脸部，接右冲拳击中段。（图4-2-271～272）

图4-2-271

图4-2-272

收势：收左脚向左转体，恢复成准备姿势。（图4-2-273）

图4-2-273

3.特技

(1) 腾空前上踢

动作说明：助手平端木板,手腕、肘、肩呈水平状态,站在椅子上；表演者从3~4米外气合,准备势,助跑至木板前腾空前上踢。(图4-2-274)

图4-2-274

(2) 腾空侧踢

动作说明：助手竖持木板,左右手的手腕与肘、肩部保持一直线,站在椅子上；表演者从3~4米外气合,准备势,助跑向木板前腾空侧踢。(图4-2-275)

图4-2-275

（3）上步旋风踢

动作说明：助手手持木板，面向观众弓步而立，木板垂直于地面；表演者由左势右脚上步，右旋风踢击木板。（图4-2-276~278）

图4-2-276

图4-2-277

图4-2-278

（4）蒙眼旋风踢

动作说明：助手手持木板，侧身面向观众弓步而立；表演者用腰带或黑布蒙住双眼，右势站立，先手摸木板，估计位置，双手向左后方用力甩摆起跳，右旋风踢击木板。（图4-2-279）

图4-2-279

4.威力

青少年跆拳道的威力表演，通常同自己的手刀、拳面、脚掌三个部位去击破木板、瓦片等硬物。

(1) 手刀击破

动作说明：表演者双手前举，高与眼平，目光从虎口处注视前方；左脚向前上一步，做缓缓运气状，右手刀收到右耳后，掌心斜向外，轻轻地在瓦片或砖块中间部位作个瞄准手势，以估计受力点，然后右手刀缓缓收回至右耳边；右膝猛地下屈，身体重心下降，右手刀向下以爆发力砍击瓦片或砖块中间部位。（图4-2-280）

图4-2-280

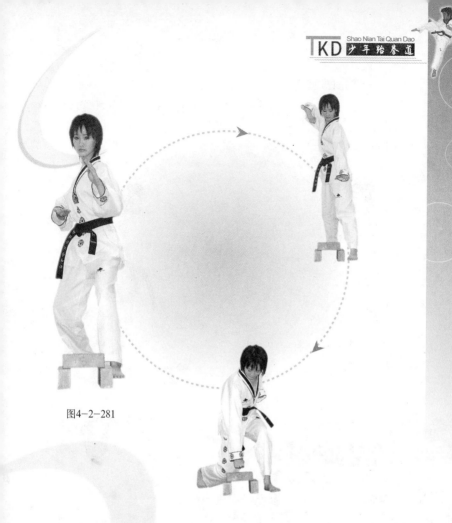

图4-2-281

(2) 拳面击破

动作说明：表演者三七步站立，左手前伸，高与眼平，右手收回，高与胸口平，目光从左手中指尖注视前方；左脚向前上一步，做缓缓运气状，提起右拳，轻轻地在瓦片或砖块中间部位作个瞄准手势，以估计瓦片或砖块受力点，收回至胸前；右膝猛地下屈，身体重心突然下降，右拳以爆发力砍击瓦片或砖块中间部位。(图4-2-281)

（3）脚掌击破

动作说明：助手弓步站立，双手上下紧紧抓握一块木板；表演者面对木板左势站立，以右脚脚刀部位的侧踢动作击打木板中间部位。（图4-2-282）

图4-2-282

5.跆搏舞术

编排跆搏舞术最简单的方法是在迪斯科音乐背景下，从品势太极一章至八章之间选择一套或部分动作，结合健美操与迪斯科动作进行表演，还可以穿插演示跆拳道组合踢法。

（1）起势。（图4-2-283）

图4-2-283

图4-2-284

（2）马步左下格挡，接右中挡，左冲拳，再接快速右左冲拳。（图4-2-284~287）

图4-2-285

图4-2-286

图4-2-287

（3）左交叉步，双平肘。（图4-2-288）

图4-2-288

图4-2-289

（4）马步右翻背拳，接右下挡，右手刀横砍。（图4-2-289~291）

图4-2-290

图4-2-291

（5）右交叉步，双平肘。（图4-2-292）

图4-2-292

图4-2-293

（6）马步左翻背拳，接左下挡、左手刀横砍。（图4-2-293~295）

图4-2-294

图4-2-295

图4-2-296

（7）右交叉步，双手刀下砍。（图4-2-296）

（8）左交叉步，双手刀下砍。（图4-2-297）

图4-2-297

图4-2-298

图4-2-299

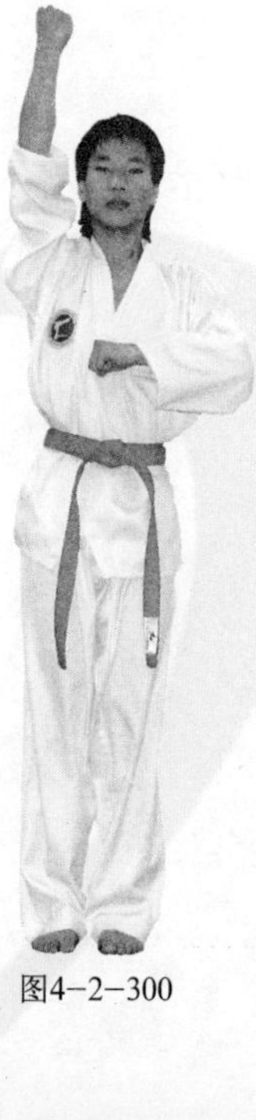

（9）右侧踹踢转身，呈左弓步，双手钩击，并步，右手拉汽笛状。（图4-2-298～300）

图4-2-300

图4-2-301

(10) 左抱胸，右抱胸。(图4-2-301～302)

图4-2-302

图4-2-303

(11) 侧转三七步，左手刀，接侧转三七步，右手刀。(图4-2-303～304)

(12) 跪步左上挡,右冲拳。(图4-2-305)

图4-2-304

图4-2-305

(13) 收势。(图4-2-306)

图4-2-306

6.短棍操

短棍操的动作姿势取自跆拳道的品势动作,结合中国武术中的单刀、棍的技法创编而成,具有相当的实用价值,经常训练,在正当防卫时,随手拿起身边的短棍、雨伞、树枝即可以进行十分有效的自卫。

(1) 起势,并步展翅,虚步暗拳。(图4-2-307~310)

211

图4-2-307

图4-2-308

图4-2-309

图4-2-310

图4-2-311

（2）虚步外挡。（图4-2-311）

（3）弓步直刺。（图4-2-312）

图4-2-312

（4）上步架挡。（图4-2-313）

图4-2-313

(5) 弓步斜劈。（图4-2-314）

图4-2-314

图4-2-315

(6) 弓步上撩。（图4-2-315～316）

图4-2-316

(7) 虚步辕式前后戳。(图4-2-317~318)

图4-2-317

图4-2-318

图4-2-319

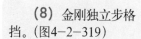

(8) 金刚独立步格
挡。(图4-2-319)

215

（9）马步横扫棍，上步加转身上步，马步横扫接绞丝棍，划一圆圈。（图4-2-320~325）

图4-2-320

图4-2-321

图4-2-322

图4-2-323

图4-2-324

图4-2-325

（10）马步推掌，接劈棍、侧踢。（图4-2-326～328）

图4-2-326

图4-2-327

图4-2-328

（11）独立步前戳。（图4-2-329）

图4-2-329

（12）收势。（图4-2-330）

图4-2-330